Mit »Treideln« ist Juli Zeh ein brillanter Briefroman gelungen, ein faszinierendes literarisches Selbstgespräch und eine scharfe Satire auf den Literaturbetrieb. Passionierte Leser werden nach der Lektüre dieses Buches anders lesen, wer gern schreibt, wird anders schreiben als zuvor. Und noch eins ist sicher: So viel gelacht wurde bei den Frankfurter Poetikvorlesungen, bei denen Juli Zehs Briefroman »Treideln« seine Premiere feierte, noch nie.

Juli Zeh, 1974 in Bonn geboren, Jurastudium in Passau und Leipzig, Promotion im Europa- und Völkerrecht. Längere Aufenthalte in New York und Krakau. Schon ihr Debütroman »Adler und Engel« (2001) wurde zu einem Welterfolg, inzwischen sind ihre Romane in 35 Sprachen übersetzt. Juli Zeh wurde für ihr Werk vielfach ausgezeichnet, u. a. mit dem Rauriser Literaturpreis (2002), dem Hölderlin-Förderpreis (2003), dem Ernst-Toller-Preis (2003), dem Carl-Amery-Literaturpreis (2009) und dem Thomas-Mann-Preis (2013).

Juli Zeh bei btb

Adler und Engel. Roman (72926)
Die Stille ist ein Geräusch. Eine Fahrt durch Bosnien (73104)
Spieltrieb. Roman (73369)
Alles auf dem Rasen. Kein Roman (73623)
Adler und Engel. Roman. Leinen-Ausgabe (73967)
Schilf. Roman (73806)
Corpus Delicti. Ein Prozess (74066)
Spieltrieb. Roman. Leinen-Ausgabe (74103)
Schilf. Roman. Buch zum Film (74463)
Corpus Delicti. Ein Prozess. Leinen-Ausgabe (74525)
Spieltrieb. Roman. Buch zum Film (74628)
Nullzeit. Roman (74569)

TREIDELN

JULI ZEH

btb

Sollte diese Publikation Links auf Webseiten Dritter enthalten,
so übernehmen wir für deren Inhalte keine Haftung,
da wir uns diese nicht zu eigen machen, sondern lediglich auf
deren Stand zum Zeitpunkt der Erstveröffentlichung verweisen.

MIX
Papier aus verantwortungsvollen Quellen
FSC® C014496
www.fsc.org

Verlagsgruppe Random House FSC® N001967

3. Auflage
Genehmigte Taschenbuchausgabe Mai 2015
btb Verlag in der Verlagsgruppe Random House,
Neumarkter Str. 28, 81673 München

Umschlaggestaltung: semper smile, München
Druck und Einband: GGP Media GmbH, Pößneck
SK · Herstellung: sc
Printed in Germany
ISBN 978-3-442-74814-3

www.btb-verlag.de
www.facebook.com/btbverlag

Treideln

I

Sehr geehrte Goethe-Universität in Frankfurt am Main,

herzlichen Dank für die Einladung zur Frankfurter Poetikvorlesung. Ich fühle mich sehr geehrt. Trotzdem muss ich leider absagen. Im Jahr 2013 werde ich mit dem Verfassen mehrerer Romane, Theaterstücke, Essays, Drehbücher, E-Mails, Steuererklärungen, Tagebucheinträge und Einkaufszettel so beschäftigt sein, dass mir zum Ausarbeiten einer Poetikvorlesung leider die Zeit fehlt.

Mit freundlichen Grüßen
Juli Zeh

Mein lieber Verleger,

das kannst du vergessen. Kommt nicht in Frage. Man ist entweder Autor oder Poetikbesitzer. Ich bin doch nicht mein eigener Deutsch-Leistungskurs. Ohne mich.

Deine liebe Autorin

Chef!

jetzt fall mir nicht in den Rücken! Was heißt, ich soll mich freuen? Warum soll ich mich immer freuen? Freu du dich doch! Es ist eine Zumutung, sich freuen zu müssen! »Freu dich doch« heißt: »Friss oder stirb«! Das sag ich das nächste Mal zu dir, wenn du einen Bildband über Aufsitzrasenmäher zum Geburtstag geschenkt bekommst! Vielleicht sogar von mir! Dieser kapitalistische Glückszwang, der permanent in Form des erfolgreichen, gesunden und hocherfreuten Idealmenschen in Wort und Bild an uns herangetragen wird, führt lediglich dazu, dass wir Depression und Burn-out inzwischen als neue Volkskrankheiten bezeichnen! Die Leute werden nicht krank, weil sie so viel arbeiten! Sondern weil sie sich ständig freuen sollen! Wer sich nicht freut, ist ein Versager! Der hat was falsch gemacht! Nicht das Richtige gegessen, nicht genug Sport gemacht, nicht die richtige Creme benutzt, nicht die richtige Sex-Praktik ausgeübt! Nicht die richtige Poetikvorlesung gehalten! Das muss behandelt werden, am besten medikamentös! Bestimmt gibt es Poetik auch in Pillenform! Poetocetamol 500 mg! Davon schlucke ich dann die ganze Packung und sterbe an einer Überdosis, und dann stehst du weinend an meinem Grab und auf dem Grabstein steht: Freu dich doch! Ich übertreibe? Das ist mein Beruf! Und egal, was du jetzt sagst, es ist auf jeden Fall falsch!

Ich liebe dich trotzdem. Jetzt muss ich Schluss machen, die Ausrufezeichen sind alle.

Dein Vorzimmer

Alter Schwede,

so, hast du gehört, ja? Pfeifen es die Seeadler von den Stockholmer Dächern? Dann weißt du mehr als ich. Bin im Stellungskrieg. Oder, wie du sagen würdest: Bin am Rumzicken.

Juliette

Sehr geehrte Goethe-Universität in Frankfurt am Main,

da haben Sie mich ertappt. Zeitmangel ist eine schlechte Notlüge, wenn eine Veranstaltung regelmäßig zweimal pro Jahr stattfindet. Ich habe behauptet, nächstes Jahr keine Zeit zu haben, und natürlich sagen Sie, dann soll ich eben übernächstes Jahr kommen. Wenn ich jetzt sage, dass ich übernächstes Jahr auch nicht kann, laden Sie mich für überübernächstes Jahr ein, und wenn ich überübernächstes keine Zeit habe, dann eben überüber-übernächstes, da capo, da capo, und am Ende ist nur die Frage, wer früher stirbt. Aber ich konnte schlecht zurückschreiben: Gehen Sie mir aus der Sonne, ich habe keine Lust. Das wäre unhöflich und dabei nicht einmal zutreffend. Lassen Sie mich anders versuchen, Sie abzuwimmeln.

Für diese ehrenvolle Aufgabe wäre ich eine denkbar schlechte Besetzung. Zu deutlich stehen mir Vormittage an deutschen Gymnasien vor Augen, wo ich der zwangsversammelten Schülerschar als lebendiger Beweis für die Existenz von Gegenwartsliteratur präsentiert wurde. Ich saß da im sicheren Glauben, einen typischen Hilfe-ich-muss-wieder-zur-Schule-Albtraum zu durchleben, und wartete aufs Aufwachen. Als der Lehrer begann, zur Einführung eine gekürzte Version meines Wikipedia-Eintrags vorzulesen, dämmerte mir, dass ich erstens schon wach und folglich, zweitens, viel zu früh aufgestanden war. Aus Rache für diesen unerfreulichen Befund ließ ich den Oberexegeten vulgo Deutschlehrer wie die Titanic auf Eis laufen, indem ich die Lieblingsfrage aller Textinterpreten, »Was will uns die Autorin damit sagen?«, mit einem frohgemuten »Nichts!« beantwortete. Und fügte abmildernd hinzu, während die Klasse feixte und sich der jeweilige Deutschlehrer im Blute seiner Existenzberechtigung wand: »Jedenfalls nicht, dass ich wüsste.«

Mit anderen Worten: Ich habe keine Poetik. Niemand hat eine Poetik, jedenfalls nicht, solange er Bücher schreibt.

Mit freundlichen Grüßen
Juli Zeh

Mein lieber Verleger,

ja, ich habe die Liste der Namen der bisherigen Referenten im Rahmen der Frankfurter Stiftungsgastdozentur für Poetik zur Kenntnis genommen. Ja, die Liste ist beeindruckend. Am beeindruckendsten ist vielleicht die Tatsache, dass es bei uns so viele staatstragende Schriftsteller gibt, dass seit 1959 jedes Semester einer die Poetikvorlesung abhalten kann und bis in alle Zukunft wird abhalten können, ohne dass uns jemals die Schriftsteller ausgehen werden. Irgendwo muss es eine geheime unterirdische Schriftstellerfabrik geben, in der ständig neue Schriftstellermodelle vom Band laufen, mit serienmäßig eingebauter Poetikfähigkeit und literarischer Bedeutsamkeitsgarantie bis zum Sankt-Nimmerleins-Tag.

Mich lässt die Frage nicht los, warum die das machen. Ich würde ja gerne sagen: um Geld zu verdienen, aber ich hab's mal durchgerechnet – selbst mit wohlwollender Schätzung des Aufwands liegt der Stundenlohn nicht über fünf Euro, wofür die Autoren auch Zeitungen austragen könnten.

Tun sie aber nicht. Stattdessen stehen sie im Audimax, Semester für Semester, Schriftsteller für Schriftsteller, und führen aus Verzweiflung über das nicht vorhandene Objekt ihrer Bemühungen stundenlang rhetorische Taschenspielertricks vor. Verlesen ihre eigenen Rezensionen, beschweren sich über die EU, spielen Musik, zeigen Filme, lesen fiktive Briefe an real existierende Verleger vor. Warum?

Du wirst sagen: Weil es dem Schriftsteller ein tief empfundenes Bedürfnis ist, der Leserschaft seine Poetik nahezubringen. Weil er den großen Garten der Literaturtheorie durch sein bescheidenes Poetikpflänzchen bereichern möchte. Weil er sich der historischen Bedeutung seines Tuns bewusst ist. Weil da über Jahre hinweg ein faszinierendes Panorama von Selbstauskünften entsteht. Ein literaturgewordenes Jahrhundert. Poetikgewordene Zeitgeschichte.

Klingt gut und schön wär's. Wenn es Poetik überhaupt gäbe. Poetik ist das, was Autoren erfinden, wenn sie zu Poetikvorlesungen eingeladen werden. Erst war die Poetikvorlesung, dann die Poetik. Poetikvorlesungen besitzen den Glaubwürdigkeitsgehalt einer Teleshopping-Präsentation.

Nein, mein lieber Verleger, wir beide kennen das wahre Geheimnis hinter der Poetikfreudigkeit der Schriftstellerzunft. Es ist das Herta-Müller-Prinzip. Seit vier Jahren schreibt mir jeder zweite Veranstalter, der mich zu einer Lesung einlädt, dass Herta Müller auch schon da war. Mühelos könnte ich ein Bewegungsprofil von Herta Müller erstellen. Sie war wirklich schon fast überall. Die Veranstalter gehen davon aus, dass ich auch einmal dort gewesen sein will, wo Herta Müller schon war. So ist es auch mit der Poetikvorlesung. Du schickst mir die Namensliste, weil du weißt, dass ich dann nicht absagen kann. Zu diesem erlesenen Kreis muss ich gehören. Das riecht nach Olymp und nach ein bisschen Unsterblichkeit. Nicht einmal Unbürgerliche wie Rainald Goetz, Einar Schleef und Thomas Meinecke haben die Einladung abgelehnt. Wie sollte eine Oberbürgerliche wie ich sich dann entziehen?

Das ist nicht einmal Eitelkeit. Es ist der dringende Wunsch, dabei zu sein. Auf einen kurzen Pfiff kommen die Schriftsteller gelaufen, stellen sich ans Pult und rackern sich ab bei dem Versuch, mit einer einigermaßen erträglichen Mischung aus Selbstdarstellung und Literaturtheorie den Kopf aus der Schlinge zu ziehen. Jeder Einzelne getrieben von der Not, mit den anderen mithalten zu müssen, den Anschluss an die Herde nicht zu verlieren.

Was sagt das über uns Autoren aus? Wir haben Angst. Gegenwartsliteratur, also die Summe nicht der geschriebenen, sondern der wahrgenommenen Texte, ist das Ergebnis einer merkwürdigen Auslese von Zufall, Publikumslaune und Kritikergeschmack. Ein Haus, aus dem man jederzeit wieder hinausgeworfen werden kann. Jedenfalls glauben das die Autoren. Ihre Existenzberechtigung im Betrieb müssen sie sich immer wieder neu verdienen. Durch das Absolvieren von Zugehörigkeitsriten. Durch das Stattfinden im Feuilleton, das Vortanzen auf Buchmessen, durch öffentliches Lügen im Rahmen von renommierten Poetikvorlesungen.

Bitte missversteh mich nicht: Das ist keine Klage. Das ist nicht einmal Kritik. Es ist nur das Eingeständnis, dass mich die Einladung durcheinanderbringt, weil ich feststelle, von welch ungeheurer Demut gegenüber der Möglichkeit des Nicht-Gelesen-Werdens meine Autorenexistenz dominiert wird. Umso mehr, als wir Schriftsteller heutzutage unser Hobby gern zum Beruf machen. Fast ist es ein Naturereignis: Wie viele Schriftsteller in diesem Land von der Literatur leben können, vielleicht nicht vom Bücherverkauf, aber doch von Lesungen, Stipendien und Poetikdozenturen! Das ist ein feiner Luxus sowohl fürs Land als auch für die Autoren. Allerdings erweitert es die Gefahr des Untergehens im Aufmerksamkeitszirkus um eine empfindliche Dimension. Nicht-Gelesen-Werden wäre für die meisten deutschen Autoren nicht nur ein rezeptionsästhetisches, sondern auch ein finanzielles Problem.

Man könnte meinen, das beste Mittel gegen die Angst vor dem Nicht-Gelesen-Werden sei das Schreiben des nächsten Romans. Ist es aber nicht. Es lassen sich Autoren beobachten, die das Schreiben von Romanen praktisch komplett gegen die Ausübung von Gastdozenturen eingetauscht haben. Hin und wieder doch noch erscheinende Publikationen dienen vor allem dem Erhalt der Berufsbezeichnung »Schriftsteller«. Literatur ist dann die Eintrittskarte zum Club der Über-Literatur-Sprechenden.

Jeder Autor weiß, dass das Schreiben von Büchern hierzulande nicht genug ist. Er muss sich seine Leser verdienen, indem er Auskunft gibt. Über sich, über das Schreiben. Aus Urheberrecht folgt Urheberpflicht. Hinter dem Text soll ein Mensch aus Fleisch und Blut sichtbar werden. Weil das eigentlich nicht möglich ist, da literarische Texte auf rätselhafte Weise über die Person hinausgehen, die sie geschrieben hat, wird der Textinszenierung eine Autoreninszenierung hinzugefügt. Eine Fiktion hinter der Fiktion. Das verbirgt sich hinter dem Zauberwörtchen *Transparenz*, wie wir es heute verstehen: eine Verpflichtung zur Selbstauskunft. Durch das Veranstalten eines verbalen Tags der offenen Tür erhält man die Verlängerung der Lizenz zum Mitspielen. Nicht nur in der Literatur. Überall. Dem Trend zur Privatisierung des Öffentlichen korreliert eine Verpflichtung zur Veröffentlichung des Privaten. Das macht die ohnehin bedrohliche Liste der Namen vergangener Poetikdozenten noch bedrohlicher: Nicht einmal die Größten haben das Gefühl, sich unsichtbar machen zu dürfen.

So, lieber Verleger, falls du dich gerade fragst, ob das jetzt eine Zusage oder eine Absage war, kann ich daran erinnern, dass Mehrdeutigkeit neben Übertreibung die zweite Säule ist, auf der die Literatur ruht. Mit anderen Worten: Laut zu sein und trotzdem nicht verstanden zu werden, ist mein Job.

Deine liebe Autorin

Alter Schwede,

dass du der Meinung bist, ich soll das machen, ist sonnenklar. Seit wir uns kennen, hältst du mir Vorträge über die Rolle des Autors im Medienzeitalter. Dass jeder zeitgenössische Schriftsteller ein Presseprofi sein müsse. Dass mediale und literarische Kompetenz nicht mehr voneinander zu trennen seien. Dass meine Interviews knackiger, die Essays skandalträchtiger und Fernsehauftritte häufiger werden müssten. Als wir uns damals auf der Weihnachtsfeier am Literaturinstitut in Leipzig kennen lernten, hast du mich als Erstes gefragt, wie ich meine Corporate Identity beschreiben würde. Sollte das eigentlich eine Anmache sein? Es ist nur dem Alkohol zu verdanken, dass wir trotzdem ins Gespräch kamen.

Und was hast du gemacht, als letztes Jahr dein erstes Theaterstück in Dortmund uraufgeführt wurde und 3sat dich um ein Interview bat? Du hast mich angerufen und in hellster Aufregung gefragt, was du denen denn erzählen sollst! Was bloß antworten, wenn sie wissen wollen, warum du das Stück geschrieben hast? Wer oder was dich inspiriert hat? Woran du als Nächstes arbeiten wirst? Man kann doch nicht immer nur »keine Ahnung« sagen! Flugs hast du die These für dich entdeckt, dass der Autor hinter dem Werk verschwinden müsse, statt die Rezeption durch erklärende Ausführungen zu stören. Aber ich soll jetzt mal wieder an meine Karriere denken und in Frankfurt ...

Mein lieber Schwede, du bist so was von unglaubwürdig. Schreib erst mal deinen ersten Roman fertig, du Pappnase.

Juliette

Liebe Wanda,

das ist ein verlockendes Angebot. Ich weiß, dass du das ganz hervorragend machen würdest. Erstens bist du nicht nur Lyrikerin, sondern vor allem Germanistin, und zweitens bist du nicht ich. Mir würde es auch leichter fallen zu erklären, warum und wie du deine Gedichte schreibst. Wozu gäbe es denn die ganze Literaturwissenschaft, wenn die Autoren selbst wüssten, was es mit ihren Texten auf sich hat?

Nach jeder neuen Veröffentlichung erlebe ich ein seltsames Phänomen: die Metamorphose vom Autor zum Exegeten der eigenen Texte. Wenn ich auf Lesungen erklären soll, was ich in einem Text gemacht habe und warum, stammele ich wie ein Schulkind, das die Handlung eines Buchs zusammenfassen muss, welches es nicht gelesen hat. Als ich in einem der ersten Interviews zu *Nullzeit* gefragt wurde, ob Sven ein Prototypus des verantwortungsscheuen Vierzigjährigen sei, fragte ich zurück: »Welcher Sven?« In meinem Kopf hieß der Erzähler immer noch Olli. Ich hatte ihn erst kurz vor Drucklegung in Sven umgetauft. Je eifriger ich das zu erklären versuchte, desto misstrauischer guckte der Journalist. Es war offensichtlich, was er dachte: Die hat das gar nicht selbst geschrieben.

In den folgenden Wochen merke ich dann von Interview zu Interview und von Lesung zu Lesung, wie ich besser werde. Immer neue Fragen bringen mich auf immer neue Interpretationsansätze. Nach und nach decke ich Bedeutungszusammenhänge auf, erkenne den politischen und gesellschaftsrelevanten Gehalt, verfolge Motivketten und lerne sogar, meine schrägen Metaphern mit Sinn zu füllen. Ein paar Monate später bin ich zur Fachfrau in Sachen Selbstinterpretation geworden.

Ich kann den jeweiligen Text als vollendetes Ganzes beschreiben, und es klingt, als würde ich über etwas Planvolles, Durchdachtes sprechen. Ein Wortgebäude, dem eine komplexe, in unendlichen Schleifen mit sich selbst verwobene architektonische Struktur zugrunde liegt. Das Verblüffende daran ist, dass ich zu diesem Zeitpunkt selbst zu glauben beginne, jenes zwischen den Buchdeckeln Vorgefundene sei von mir aus nachvollziehbaren Gründen in genau dieser Weise erst gewollt und dann *gemacht* worden. Noch verwunderlicher ist, dass sogar starke Argumente für diese Annahme sprechen. An der Erstellung des Textes war schließlich niemand außer mir beteiligt. Und trotzdem ist die Annahme falsch. Beim Schreiben habe ich wenig gewollt und noch weniger *gemacht*.

Jetzt wäre es im Grunde reine Fleißarbeit, die während meiner Lesereisen gesammelten Erkenntnisse zusammenzufassen und in Frankfurt als Poetik zu präsentieren. Ich könnte mir einen netten Angebertitel einfallen lassen – »ZEITARBEIT – Realität, Relativität und Roman« – und in aller Ausführlichkeit erklären, was der auktoriale Erzähler mit Quantenphysik zu tun hat und warum Schreiben nichts weiter ist als das Erzeugen eines Zeitkondensats. Den Leuten würde nichts auffallen. Sie sind es gewöhnt, angelogen zu werden. Ich würde vorgeben, etwas von meiner Arbeit zu erzählen. Einen Einblick in die Werkstatt zu gewähren. Eine Ahnung davon zu vermitteln, wie literarische Texte entstehen und warum. In Wahrheit aber hätte ich klammheimlich die Seiten gewechselt, würde gar nicht mehr als Autorin sprechen, sondern als Leser der eigenen Texte. Das Publikum müsste einem pseudo-literaturwissenschaftlichen Vortrag lauschen, den eine brillante Germanistin wie du in der Tat besser halten würde. Erkenntnisse, die ein Autor in einem solchen Rahmen präsentiert, entstammen nicht der Schreibpraxis. Sie sind *nachträglich* gefasst worden, und das macht einen entscheidenden Unterschied. Poetik klingt, als wüsste der Autor, was er da tut – dabei weiß er bestenfalls, was er *getan hat*. Nach Fertigstellung, sprich: Veröffentlichung eines Textes spricht er über Literatur, nicht mehr über das Schreiben. Und schafft auf diese Weise einen falschen Eindruck von dem, was Schreiben bedeutet. Auf typische Journalistenfragen wie »Woher nehmen Sie Ihre Ideen?«, »Wie viel Autobiographie steckt in Ihren Texten?«, »Für wen schreiben Sie?« dürfte es eigentlich immer nur eine Antwort geben: Weiß ich nicht. Aber wir haben von unseren Politikern gelernt, dass man lieber das Blaue vom Himmel herunter erzählt, als zuzugeben, dass man keine Ahnung hat. Also vermitteln Autoren landauf, landab den Eindruck, literarisches Schreiben sei etwas Ähnliches wie das Nachbauen des Eiffelturms aus Streichhölzern: Abbildung der Wirklichkeit mit anderen Mitteln, kompliziert und langwierig, aber planbar. Dabei ist in Wahrheit kein Autor Herr über das *Wie* seines Schreibens, fehlt ihm doch zumeist schon die Verfügungsgewalt über das *Ob*.

Und jetzt komm mir bloß nicht mit »Erzähl den Leuten doch einfach ein bisschen, wie das bei dir so aussieht mit dem Schreiben«. Glaubst du wirklich, es interessiert jemanden, ob ich an fauligen Äpfeln rieche, mir Petersilie in die Ohren stecke oder ein Tässchen Kräutertee mit Namen »Sanfte Unsterblichkeit« trinke, wenn ich nicht weiterkomme? Wie viel Prozent meiner Arbeitszeit mit Nasebohren, Solitaire oder Facebook-Surfen vergeht? Wie oft ich zum Kühlschrank renne, nach wie viel Minuten sich der Bildschirmschoner einschaltet, ob ich staubsauge oder Fenster putze, um mich von der Arbeit abzuhalten? Nicht einmal ich selbst will wissen, wie es aussieht, wenn ich mir vor dem Bildschirm die Zähne mit Zahnseide reinige, während ich über einen widerspenstigen Satz nachdenke.

Weißt du was: Du hast den Job. Du schreibst, ich trage vor. Oder du übernimmst das Vortragen auch gleich mit. Niemand wird etwas merken. Ich sehe mir selbst überhaupt nicht ähnlich. Regelmäßig will man mich zu meinen eigenen Lesungen nicht reinlassen, weil ich keine Eintrittskarte habe.

Deine Juli

Chef,

bist du jetzt durchgedreht? Meinst du das ernst? DAS soll ich in Frankfurt machen?

Dein verwundertes Vorzimmer

Alter Schwede,

danke für die guten Wünsche zum Geburtstag, der schon vorletzte Woche war, aber heute natürlich immer noch gilt.

Ich muss dir was erzählen. Der Chef, will sagen, mein treusorgender Ehemann, hat mir zum Geburtstag einen Reader geschenkt, damit ein vollverknöcherter Papierjunkie wie ich wenigstens mal *versucht*, mit der Zeit zu gehen beziehungsweise zu kriechen. Gut. Meine Lernfähigkeit ist begrenzt, aber vorhanden. Also will ich die kommunikationstechnologische Rundumerneuerung meiner Person durch den Erwerb eines E-Books vorantreiben, welches ich auf meinem nagelneuen Reader zu lesen beabsichtigte. Ich besuche den Kindle-Shop und tippe die Namen von Autoren ein, die ich mag und die mir gerade einfallen. Leo Perutz. Gibt's nicht als E-Book. Heimito von Doderer. Gibt's nicht. Arno Schmidt. Gibt's nicht. Ich versuche es mit Übersetzungen. Kein

Roberto Bolaño. Richard Yates, Walker Percy, Vladimir Nabokov nur auf Englisch. Ich beginne zu ahnen, warum meine Karriere als Raubkopiererin nie wirklich in Schwung gekommen ist. Als ich dem Chef mein Leid klage, nennt er mich »digital unterambitioniert« und lädt mir mit drei Handgriffen mehrere E-Books auf den Reader, von denen ich mir gefälligst eins aussuchen soll. Gelesen wird, was auf den Wisch kommt.

Zum Beispiel *Der große Gatsby* von F. Scott Fitzgerald. Das kenne ich zwar schon, aber noch nicht in elektronischer Form. Alle paar Seiten verirre ich mich in einen anderen Roman, den mir der Chef ebenfalls auf den Reader gespült hat: *Grunewaldsee* von Hans-Ulrich Treichel. Und dann passiert etwas Merkwürdiges. Fitzgerald und Treichel verbinden sich zu der Gewissheit, dass ich ein Buch schreiben muss. Den großen Gatsby des frühen 21. Jahrhunderts. Eine Zeitgeistnovelle, die anhand einer Figur ein ganzes Jahrzehnt erzählt. Irgendwie steckt ein Funke in dieser Kombination: Das Glamourös-Prototypische des großen Gatsby neben irgendeinem Paul, der in Berlin studiert und in Italien mal eine Affäre mit einer Italienerin hatte. Wie bei vielen männlichen Autoren über fünfzig geht es in *Grunewaldsee* die ganze Zeit um Sex. Um mittelguten und stets halb gescheiterten Intellektuellen-Sex natürlich, weil man auf diese Weise den nötigen Sicherheitsabstand von Kitsch und Porno wahrt. Männliche Kritiker über fünfzig finden das dann sehr authentisch und nennen es »lakonisch« oder »melancholisch«, was ein

Kompliment und keine Beleidigung sein soll. Deutsches Kino in Buchform. Geschrieben von Vertretern einer Generation, deren Libido plötzlich als politisches Problem definiert wurde.

Dass du mich nicht falsch verstehst, lieber Schwede. Ich habe nichts gegen fast sechzigjährige Männer. Ich will nur erklären, was mir zugestoßen ist, während ich *Gatsby* und *Grunewaldsee* parallel las. Ich dachte plötzlich: Aber die Vierzigjährigen. Eine Generation, deren Libido schon gar nicht mehr in der Lage ist, ein politisches Problem darzustellen. Was ist mit denen? Um die darf ich mich kümmern.

Treichel legte sich wie eine halb durchsichtige Folie über Fitzgerald und erzeugte die Umrisse einer Hauptfigur. Anfang vierzig, natürlich in Berlin lebend. Dauergast im zur Ewigkeit gedehnten Durchgangsstadium zwischen Universität und Beruf. Ein Profi des Nicht-Hineinwachsen-Wollens in die Welt der Jobmacher, Familiengründer und Häuslebauer. Ein Vertreter der bis über den vierzigsten Geburtstag hinaus verlängerten Pubertät. Kurzum, ein Bild des urbanen Mannes des 21. Jahrhunderts. Turnschuhe, Fünf-Tage-Bart, bequeme Hosen. Kein Führerschein. Nur noch schwach beseelt von dem Glauben, das Selbst sei etwas, das man finden könne. Ohne Gott, ohne Frau, ohne Vaterland. Einer, der von Tag zu Tag weitermacht, weil hinter dem Aufhören nur das Nichts stünde. Der darauf angewiesen ist, dass die Front alltäglicher Ereignisse fest geschlossen bleibt. Der keine Einsamkeit und vor allem keine Stille verträgt. Stark interessiert am eigenen Körper, weil der eigene Körper das letzte Schlachtfeld ist, auf dem ein Mann noch versuchen kann, Herr über sein Schicksal zu werden. Der Bauch. Die Fitness. Die Magenschleimhautreizung. Zu viel Wein. Alle drei Tage mit dem Rauchen aufhören. Schlafstörungen. Abnehmen und Sport treiben wollen und es dann doch nicht tun. Hin und her gerissen zwischen Selbstoptimierung und Bohème. Denkt über Rohkost nach, während er vor einem Teller Tortellini in Butter-Salbei-Soße sitzt. Und umgekehrt. Steht fassungslos vor der Tatsache, dass er trotz aller Infantilität einfach älter wird. Wo er sich doch immer noch im Vorzimmer des eigentlichen Lebens aufhält und darauf wartet, hineingerufen zu werden.

Ich könnte aus dem Stegreif ein ganzes Psychogramm skizzieren, so vertraut ist mir der Typ. Er soll – lach jetzt nicht – Schriftsteller sein. Ja, ich weiß, was du sagen willst. Wir alle hassen Schriftsteller, die über Schriftsteller schreiben. Aber was soll denn ein Vierzigjähriger machen, der in Prenzlauer Berg lebt und keine Familie hat? Komponist? Zu ernsthaft. Maler? Zu mondän. Schauspieler? Zu tragisch. Freier Werbetexter? Zu hamburgisch. Weinladen-Besitzer? Das sind die über Fünfzigjährigen aus der Generation vor ihm. Dem armen Kerl bleibt gar nichts anderes übrig, als Schriftsteller zu sein. Seit zehn Jahren mit einem Roman beschäftigt, der ihm zum Durchbruch verhelfen wird. In der Zwischenzeit auf kleineren Projekten durch den Literaturbetrieb surfend.

Alter Schwede, spätestens jetzt hast du den Braten gerochen. Ich will Teile deines Lebens. Ich brauche dich. Deine Hypochondrie, deinen Klamotten-Fimmel und die Unfähigkeit, dich zwischen Bürgerlichkeit und Bohème zu entscheiden. Wie du eine Anthologie nach der anderen herausgibst, nur um deinen Roman nicht fertigschreiben zu müssen. Ich brauche sogar deine Frisur, diese ewig zu langen Stirnfransen, die du dir ständig aus dem Gesicht wischst, wenn du nervös wirst. Du gehörst zu den ganz wenigen Menschen, die ich mir vorstellen kann. Früher oder später sind die alle fällig. Leider mag ich dich zu sehr, um einfach ungefragt und nach Belieben mit dir zu verfahren, wie ich es normalerweise tun würde. Allerdings bitte ich dich nicht um Erlaubnis. Was ich dir anbiete, ist in etwa das, was deutsche Bürger im Planfeststellungsverfahren für einen neuen Hauptbahnhof bekommen: Transparenz und Beteiligungsrechte. Du wirst informiert und angehört.

Heute erhältst du also ein erstes Informationsschreiben, welches dir den Namen deines neuen *alter ego* mitteilt. Weil Treichel gewissermaßen der geistige Vater ist, hätte ich meinen *Gatsby reloaded* am liebsten so genannt. Es ist schön, wenn sich die Namen von Hauptfiguren in Tätigkeitsbezeichnungen umwandeln lassen, aus denen sie nicht selten vor langer Zeit entstanden sind. Wir führen sie dorthin zurück, wenn auch in metaphorischer Dimension. Du »weilerst«, wenn du mal wieder einen Abend damit verbringst, an ein paar Seiten deines ewig unvollendeten *Erik Weiler* herumzukauen. Der Chef hat in den letzten Monaten viel »geschallert«. Es gibt auch Autoren, die mit dem Alter derart institutionalisieren, dass sie zum Beispiel nur noch »walsern«, obwohl sie zu den ganz Großen gehörten, als sie noch »gehalmt« und »gezürnt« haben.

Eine Treichel ist im Schweizerdeutschen eine Kuhglocke. In den längsten Nächten des Jahres treffen sich die Leute mit verschiedenen Glocken und Schellen, und dann treicheln sie stundenlang in langsamem Gleichschritt die Gassen der Dörfer auf und ab, um böse Geister zu verjagen. Treicheln würde ich auch gern: Schreiben als Geistervertreibung. Aber der Name ist nun leider schon an eine real existierende Person vergeben, und so vollführe ich eine Ausweichbewegung, eine kleine Verschiebung auf der abwärts führenden Treppe des Alphabets: »Treidel« sollen Hauptfigur und Machwerk heißen, und also werde ich treideln, wobei man sich seinen metaphorischen Teil mindestens ebenso mühelos denken kann.

Einen Vornamen braucht Treidel natürlich auch noch. Ein bisschen anachronistisch sollte er sein, weil Treidel in irgendeiner westdeutschen Kleinstadt geboren ist und folglich in der Tradition bundesdeutscher Bräsigkeit steht. Erst dachte ich an Wolfgang. So heißt mein Vater, so heißt der Vater des Chefs, so heißt auch der Vater der Frau meines Bruders. Manchmal beschleicht mich der Verdacht, dass alle Väter so heißen. Treidel ist selbstverständlich kein Vater, ganz im Gegenteil. Er ist das schwarze Loch am Ende einer aussterbenden Ahnenreihe. Der Mann, über den Rainald Grebe gesungen hat: »Wir werden eure Häuser erben, aber keine neuen bauen.« Gerade deshalb soll er einen Vaternamen tragen. Außerdem kann ich dann den Satz einbauen: »Seine Frisur machte ihn jünger, der Vorname älter, so dass er am Ende genauso alt aussah, wie er war.« Oder: »Seine Frisur versuchte, gegen die zehn zusätzlichen Jahre anzuarbeiten, die sein Vorname ihm aufbrummte.« Ins Unreine gesprochen.

Wolfgang Treidel. Oder doch Karl? Karl Treidel? Das klingt, als wäre er schon tot. Was der Wahrheit recht nahekommt.

Genug für heute. Bring mir schonend bei, was du von mir hältst.

Juliette

Chef,

nein, ich habe natürlich keine bessere Idee. Und ich muss zugeben, dass ich deinen Vorschlag nach längerem Nachdenken gar nicht so schlecht finde. Wenn Poetik die Entstehungsbedingungen von Literatur veranschaulichen soll, dann wäre das wahrscheinlich die mit Abstand ehrlichste Herangehensweise. Einfach die Schädeldecke abnehmen und zeigen, wie es in einem

Schriftstellerkopf tatsächlich aussieht. Totale Transparenz. Der BND hat das ja auch schon alles gelesen. Warum dann nicht die anderen?

Dein dich liebendes Vorzimmer

Mein lieber Verleger,

vor meinem geistigen Auge lehnst du bärtig in der Ecke meines Arbeitszimmers, rufst »Augen auf bei der Berufswahl!« und lachst dich halb tot. Der Chef hatte gestern eine interessante Idee. Ich überlege noch. Die Uni Frankfurt halte ich bis Ende der Woche hin. Manchmal sind die Dinge eben schwierig. Du kennst das. Autoren sind wie kleine Kinder. Kompliziert, aber niedlich.

Deine liebe Autorin

Sehr geehrte Universität Frankfurt,

ich erbitte mir noch drei Tage Bedenkzeit. Dann sage ich zu oder ab. Jedenfalls sage ich etwas.

Mit freundlichen Grüßen
Juli Zeh

Alter Schwede,

was heißt hier: Schon wieder ein Buch? Komm mir jetzt nicht mit der These, dass man in die Welt von heute keine Kinder und auf die Buchmessen von heute keine neuen Romane werfen dürfe. Ich lasse Theo aus *Nullzeit* für mich antworten: »Kennt ihr die Geschichte«, fragte Theo, »wie zwei Schriftsteller am Strand spazieren gehen? Der eine beschwert sich, dass alle guten Bücher schon geschrieben worden seien. Schau mal, ruft da der andere und zeigt aufs Meer hinaus, da kommt die letzte Welle!«

Juliette

Liebe Wanda,

du bist wie Miss Marple: reizend, aber leicht durchschaubar. Du stellst Fragen, die meiner Poetikfähigkeit auf die Sprünge helfen sollen. »Wie schafft man es, einen Roman zu schreiben? Wie hält man das durch? Braucht man da nicht einen ungeheuren Altruismus, den starken Wunsch, die Leserschaft zu bereichern?«

Du bist Lyrikerin, aber du bist nicht blöd. Du weißt genau, dass auch Romanautoren niemanden bereichern wollen. Ich schreibe doch nicht, um dem Leser etwas zu *geben*. Wenn mein Schreiben überhaupt etwas mit dem Leser zu tun hat, dann insofern, als dass ich etwas von ihm *will* – seine Aufmerksamkeit, sein Lob, seine Liebe, sein Geld. Wobei an dieser Stelle strikt zwischen *Schreiben* und *Veröffentlichen* zu trennen wäre. Ein Fundamentalunterschied, den die Poetikvorlesungen, die ich wegen der Anfrage aus Frankfurt gelesen habe, vernachlässigen. Für mich ist dieser Unterschied schon deshalb bedeutsam, weil der überwiegende Teil des von mir Geschriebenen nicht veröffentlicht wird. Jedenfalls nicht, solange ich lebe und es verhindern kann. Wie Thomas Mann schon sagte: »Glückliche Autoren verfügen über gut gefüllte Schubladen.« Binsenweisheiten klingen einfach besser, wenn man behauptet, dass sie von Thomas Mann stammen.

Autoren, die behaupten, *für* den Leser zu schreiben, die also wehrlose Rezipienten bereichern, belehren, aufrütteln, unterhalten, bezaubern oder in fremde Welten entführen wollen, sind entweder famose Lügner oder Verfasser von Groschenromanen. Längst haben deine Germanistenkollegen herausgefunden, dass eine klare Kongruenz zwischen Autorenintention und Lesernutzen nur in der Pornographie existiert. Einen Geschlechtsakt oder eine Tötungsszene kann ich dir auf eine Art schildern, die zu berechenbaren Reaktionen führt. Schreibe ich hingegen einen Satz wie »Rosa ist das Grau der Optimisten«, habe ich keine Ahnung, was du beim Lesen daraus machst. Es ist gerade die Definition von ernsthafter Literatur, dass der Autor vorne nicht weiß, was beim Leser hinten rauskommt. Gute Literatur ist Kunst, und Kunst ist kein karitativer, sondern ein narzisstischer Akt. Käme Kunst von Wollen, hieße es »Wulst«.

Ich weiß schon, was du sagen wirst: dass das alles keinen Sinn ergibt. Mangels eines klaren Verhältnisses von Geben und Nehmen kann sich das Schreiben nicht in den Dienst des Lesers stellen, weshalb es auf die bequeme Legitimation einer unmittelbaren Fremdnützigkeit verzichten muss. Das resultierende Lebensgefühl ist letztlich das eines Betrügers, weil es mir nicht gelingt, mich selbst als Machende und Wollende in den eigenen Texten wiederzuerkennen. Warum das Ganze also? »Warum schreiben Sie?« ist nicht umsonst neben »Kann man schreiben lernen?« und »Wie viel Autobiographie steckt in Ihren Texten?« die meist gestellte und meist gehasste Frage auf Lesungen. Das ist das Schöne an Auftritten vor Schülern oder Asiaten: Die fragen als

Erstes, wie viel man verdient. Da kann man wenigstens eine klare Antwort geben.

Ansonsten aber fische ich angesichts der Warum-Frage im Trüben, taste im Dunkeln herum, umkreise ein Geheimnis, dessen Mitte möglicherweise leer ist. Vielleicht gibt es keinen benennbaren Grund, sondern nur Näherungswerte. Das meiste beim Schreiben beruht ja nicht auf Entscheidungen. Ich nehme mir einen Roman nicht vor wie eine Bergtour. Das ist keine Kraft- oder Mutprobe. Es bringt nichts, sich die geplante Gesamtseitenzahl als zu überwindendes Hindernis oder zu tötendes Monster vorzustellen und autosuggestive Aufwärmübungen vor dem Garderobenspiegel zu machen, Daumen und Mundwinkel hoch, du schaffst das, du schaffst das. Es ist nicht zu schaffen. Es wird etwas erschaffen, aber nichts geschafft. Das, was man Roman nennt, stößt einem zu. Auch Romane beginnen mit einem Gedicht, oder besser: mit einer Verdichtung. Einer Situation, einem Gefühl, einem Sprachblitz, vielleicht auch schon mit Bruchstücken einer Geschichte. Mit dem Zufall, dass es Fitzgerald und Treichel als E-Book gibt. Plötzlich ist da ein Imperativ aus dem innersten Stockdunkel der eigenen Person, der sagt: Mach etwas daraus. Man fängt an zu schreiben, höchst unverbindlich, es muss ja nicht gut werden, es muss niemand lesen, es geht niemanden etwas an, es kann schmerzlos und lautlos in den gut gefüllten Schubladen landen, wenn sich die angestochene Quelle als wenig ergiebig erweisen und bald wieder versiegen sollte.

Und dann findet man unter Umständen kein Ende. Weil man die Landschaft, die sich beim Schreiben öffnet, nicht mehr verlassen möchte. Weil die Sprache zu schwingen und zu klingen beginnt und den passenden Soundtrack liefert zu den Bildern, die vor dem inneren Auge vorbeiziehen. Ganz allein sitzt man am Mischpult und hat die Regler vor sich. Man kann Wetter machen, Menschen zusammenführen und trennen, Geheimnisse erfinden und aufklären. Vor allem ist man endlich Herr der Zeit. Schreiben ist Zeitarbeit. Der Unterschied zwischen dem Leben und einem Roman besteht ja nicht im Grad der Fiktionalität, sondern in der Tatsache, dass der Roman kürzer ist. Mark Twain hat mal gesagt: »Schreiben ist leicht. Man muss nur die falschen Wörter weglassen.« Dem ließe sich hinzufügen: »Geschichtenerzählen ist einfach. Man muss nur die langweiligen Phasen aussparen.« Die Zeit ist wie ein Marmorblock, aus dem die Gestalt der Geschichte herausgemeißelt wird. Erzählen schält ein Geschehen aus der versteinerten Masse von unzähligen unbedeutenden, alltäglichen, halb bewusstlos verbrachten Minuten und Stunden, an die sich, kaum dass sie vergangen sind, niemand mehr erinnert. Genau wie beim Erinnern werden auch beim Erzählen die Gesetze der Zeit aus den Angeln gehoben. Man dehnt Augenblicke in die Unendlichkeit, nur um gleich darauf ein ganzes Leben in einer einzigen Sekunde zusammenzuraffen.

»Schon im Eintreten begriffen, verharrte Treidel plötzlich, einem unklaren Impuls folgend, dicht vor der geschlossenen Tür. Seine Hand hatte sich schon über die Klinke gehoben; er ließ sie sinken. Reglos stand er mit herabhängenden Armen und betrachtete die Türklinke, als hätte er einen solchen Gegenstand noch nie gesehen und keine Ahnung, wozu er zu verwenden sei. Die Klinke war aus Messing, schön geschwungen und am Ende schneckenförmig verziert. Treidel spürte das Alter des Gegenstands wie einen Schock. Die Klinke hätte seine Urgroßmutter sein können. Sie war so alt wie das Haus, 120 Jahre oder mehr. Als die Klinke an dieser Tür festgeschraubt wurde, hatten die Menschen, welche das bezahlten, noch nichts von zwei bevorstehenden Weltkriegen gewusst. Sie hatten sich gefreut, ein frisch gebautes Haus mit allem Komfort zu beziehen. Der Türklinke hatten sie vermutlich keine besondere Beachtung geschenkt. Niemand hatte darüber nachgedacht, dass diese Klinke ihre Benutzer spielend überleben würde. Für sämtliche Bewohner des Hauses würde es den Augenblick geben, in dem er oder sie diese Klinke zum letzten Mal berührte. Die Klinke aber blieb. Sie hängte diesen Umstand nicht an die große Glocke. Sie tat bescheiden ihre Pflicht, ohne jede Arroganz gegenüber der organischen Materie. Mit einem Mal graute es Treidel vor einem derart diensteifrigen Gleichmut, so sehr, dass er sich außerstande fühlte, die Klinke zu berühren. Er wünschte sich einen Neubau. Ein Haus, in dem die Dinge jünger waren als er selbst. In dem jede Scheuerleiste seinem persönlichen Gestaltungswillen folgte. In dem die Gegenstände seine Herrschaft anerkennen mussten, weil er für ihre Existenz verantwortlich war. Hier ging ihm alles voraus. Die Erkenntnis, dass er ständig und überall von Vorgefundenem umgeben war, schnürte ihm die Kehle zu. Er wollte dieses Haus nicht haben. Er wollte überhaupt kein Haus, auch keinen Neubau. Er wollte zurück in seine Mietwohnung, in der ihm nichts gehörte, weshalb *er* niemandem gehörte. Ein Schauder durchlief ihn. Er schüttelte den Kopf, drückte die Klinke und trat ein. Danach heiratete er, zeugte zwei Kinder mit der falschen Frau und zerschellte, nachdem er jahrzehntelang fest davon ausgegangen war, an Magenkrebs zu sterben, im Alter von 59 Jahren beim Gleitschirmfliegen auf Lanzarote an einem Felsen.«

Einer deiner Kollegen hat vor vielen Jahren die Literatur mit einem erotischen Vorspiel verglichen. Kein kompaktes Rein-Raus-Fertig auf dem kürzesten Weg zum Höhepunkt – sondern ein geduldiges Umkreisen, Daran-vorbei-Sehen, mutwilliges Verweigern, wieder Anbandeln. Ein ausgedehnter Flirt mit dem Eigentlichen, der, wie jeder Flirt, eine Mischung aus Versprechen und Verweigerung ist. Da ich, anders als knapp sechzigjährige Männer, nicht unter dem Zwang stehe, die ganze Welt als eine sexuelle Metapher zu sehen, kann ich vielleicht auf weniger frivole Weise versuchen zu erklären, wie man 300 Seiten mit ein- und derselben Geschichte vollkriegt. Am ehesten fühlt es sich an, als zöge man behutsam an einem leicht zerreißbaren Garn. Im Kopf befindet sich ein ungeheures Knäuel aus Gedankenfäden, die miteinander verschlungen, verwoben, verknotet sind. Der Erzählende ertastet ein loses Ende – pathetische Gemüter nennen das Inspiration – und beginnt, vorsichtig zu ziehen. Reißt der Faden, ist der Spaß vorbei. Hält er aber und wird länger, fängt man an, den Faden um die Hand zu spulen, und was sich da buchstäblich *ent-wickelt*, ist dann die Geschichte. Ab jetzt ist alles Dosierung. Wildes Herumzupfen an allen möglichen Enden hilft nicht. Zu heftiges Ziehen würde den Faden zerreißen oder das Knäuel zu fest zusammenzurren. Wer aber zu schwach zieht, kommt auch nicht weiter.

Also gleichzeitig festhalten und loslassen. Dem roten Faden folgen und dabei die Freiheit der weiten Landschaft genießen. Die Größe der Welt, die ein Roman eröffnet. Kein Ende finden. Das Maß der Freiheit ist übrigens proportional zur Länge des Textes. Kleinere Formen verlangen bessere Organisation, strafferes Management, genauere Überprüfung jedes einzelnen Details. Beim Roman darf man erst einmal losgehen und gucken, was kommt. Der Weg ist zu lang, um sich die ganze Zeit den Kopf zu zerbrechen. Stattdessen muss man auf den sechsten Sinn für Dramaturgie vertrauen, den wir alle in uns tragen und der uns zum Erzählen und zum Lesen von Geschichten befähigt. Wir können gar nicht anders, als Geschichten nach dem »richtigen« Muster zu erzählen. Dramaturgie als Schreibtechnik ist etwas für Leute, die sich die Intuition aberzogen haben. So wie manche einen Ernährungsberater benötigen, weil sie verlernt haben, darauf zu hören, was ihr Körper will. Manchmal allerdings braucht man dramaturgische Überlegungen im Moment der Krise, wenn die Intuition versagt und die Angst überhandnimmt. Wenn man – häufig in der Mitte der Strecke – auf einmal glaubt, sich verirrt zu haben. In solchen Momenten wendet man sich an einen guten Schriftstellerkollegen, den Ehemann oder eben Aristoteles – je nachdem, wer gerade da ist. Einer von denen zeigt einem dann, dass sich der nächste Schritt ganz logisch aus den vorangegangenen Schritten ergibt, solange man dem Faden folgt und die Füße in Bewegung hält.

Wie lange der Weg dauert, ist schwer vorherzusehen. Die Rohfassung zu *Corpus Delicti* habe ich in vier Wochen geschrieben, während ich bei *Schilf* drei Jahre für die erste Fassung brauchte. Es gibt kein bestimmtes Tempo. Man weiß es vorher nicht. Der Text sucht sich seine Geschwindigkeit. Es sei denn, man hat grundsätzlich Schwierigkeiten mit der Disziplin. Das ist manchmal schwer zu unterscheiden. Habe ich eine Schreibkrise oder keinen Bock? Bin ich unkonzentriert, oder braucht der Text mehr Zeit? Muss ich mich jetzt zur Arbeit zwingen oder die Sache lieber ein paar Tage liegen lassen? Man lernt die Unterscheidung nur langsam und wahrscheinlich bis zum Ende des Lebens niemals richtig. Es gibt verschiedene mögliche Hindernisse, die einander ähneln können oder sich sogar eins als das andere tarnen. Ich kenne Autoren, die nächtelang über Schreibkrisen philosophieren, statt einfach etwas weniger zu trinken und sich an die Arbeit zu machen. Aber es gibt eben auch berechtigte Verzögerungen im Arbeitsprozess – wer das weiß, hat schon viel verstanden und benutzt nur kleine Brechstangen, niemals die große. Für diesen Zweck habe ich den Schreibsoldaten erfunden. Der stellt keine Fragen und marschiert brav geradeaus. Den hole ich aus der Kiste, wenn ich unsicher werde. Wenn sich die bösen Fragen melden: Was mache ich hier überhaupt, ist das gut, und was würde Hubert Winkels dazu sagen? Dann übergebe ich an den Schreibsoldaten, der heutzutage natürlich ein Blauhelm ist. Der eine Pufferzone zwischen mir und den Fragen errichtet, ein bisschen Aufbauhilfe leistet und nur zur Selbstverteidigung schießt. Damit es gar nicht erst zur Krise kommt. In zwei, drei Tagen ist die Sache dann unter Umständen schon wieder in friedliches Fahrwasser geraten.

Das Gefährlichste ist wahrscheinlich die Angst davor, was man beim Schreiben erfahren könnte. Die lange Strecke des Romans ist immer auch ein Hinabsteigen. Unweigerlich. In die eigene Biographie, in die dunklen Seiten der eigenen Existenz. Der Roman ist eine durch und durch entlarvende Gattung. Auf einer langen Reise kommt alles raus. Wer schon einmal mit vermeintlichen Freunden in Urlaub gefahren ist, weiß das. Ich habe nie verstanden, warum Hochzeitsreisen *nach* der Heirat gemacht werden. Vielleicht, weil es sonst überhaupt keine Eheschließungen mehr gäbe. Beim Romanschreiben unternimmt man eine Reise mit sich selbst – mit dem Unterschied, dass man am Ende schlecht »vielen Dank und auf Nimmerwiedersehen«

sagen kann. Jedenfalls nicht ohne psychopathologisch relevante Folgen. Auf der langen Strecke des Romans kann sich der Autor nicht mehr verstecken. Nicht einmal vor sich selbst. Er macht sich unweigerlich nackt, wird als Person, als Bewusstsein deutlich fühlbar im Text. Dieser Exhibitionismus ist hemmend und unangenehm, wenn man nicht von Natur aus dazu neigt. Geht aber nicht anders. Alles hat seinen Preis.

Jetzt muss ich raus, Pferde füttern.

Deine Juli

Alter Schwede,

»Rainer Treidel« geht nicht, wEil zwEi »Ei« hinterEinander Einfach schEiße sind. Friedrich Treidel? Nicht alle Deutschen heißen Friedrich, lieber Schwede, und sie rufen auch nicht den ganzen Tag »Achtung!« und »Halt!«. Theodor Treidel soll wohl ein Witz sein? Bei Namen sind Alliterationen nur auf dem Stadtgebiet von Entenhausen erlaubt. Ich bestehe absolut nicht auf Wolfgang. Aber wenn du das nicht magst, nehmen wir doch einfach Karl. Um Figurennamen wird ohnedies zu viel Gewese gemacht. Da springt gleich wieder die Interpretationsmaschine an, um literweise hochprozentige Bedeutung zu destillieren. Am Ende wird doch keiner darauf kommen, dass »Treidel« von »Treichel« stammt. Es sei denn, ich gehorche dem Chef und lese unsere Mails in Frankfurt vor.

Dass wir bereits über Figurennamen debattieren, werte ich übrigens als »Ja« zu meinem Antrag auf Ausschlachtung deiner Person. Dein Narzissmus ist groß genug, um den Kopf freiwillig in den literarischen Fleischwolf zu stecken. Gleichzeitig sind deine Jurakenntnisse glücklicherweise zu gering, als dass du mich später noch verklagen könntest, und einen Anwalt kannst du dir nicht leisten. Optimale Bedingungen für eine gelungene Kooperation zwischen *facts* und *fiction.* Den »Karl« können wir am Ende ja immer noch ändern, wenn er dir wirklich nicht gefällt. Damit ich auf Journalistenfragen nach der Hauptfigur dann »Welcher Friedrich?« antworten kann.

Juliette

Chef,

natürlich hast du recht. Mehr Persönlichkeitsrechtsverletzung als durch das Schreiben eines handelsüblichen Romans kann man ohnehin nicht begehen. Jetzt sag noch: Du traust dich ja eh nicht – und ich mach's.

Dein Vorzimmer

Sehr geehrte Goethe-Universität in Frankfurt am Main,

Poetik ist, wenn man eine Schreibkrise hat. Wenn man mangels Stoff zum Schreiben am liebsten übers Schreiben schreibt. Poetik ist, wenn man sich auf die Meta-Ebene flüchtet, sich vom Sekundärbetrieb aufsaugen lässt und das Selbst-Reflexive dem Welt-Reflexiven vorzieht. Poetik ist Nabelschau auf dem Elfenbeinturm. Poetik ist, wenn Autoren glauben, selbst am besten zu wissen, was in ihren Büchern steht. Poetik ist etwas für Besserwisser, die meinen, jedem Gedicht eine Gebrauchsanweisung beifügen zu müssen. Für Verfasser von Texten, deren literarische Qualität einem nur auffällt, wenn man ausdrücklich darauf hingewiesen wird. Für Kontrollfreaks, die Literatur mit einem Briefkasten verwechseln, in den der Autor etwas hineintut, was der Leser anschließend herausholt, und zwar nicht irgendetwas, sondern das, was der Autor ihm mittels poetologischem Einschreiben gesendet hat. Poetik ist etwas für Nachruhm-Fetischisten, die in ihren feuchten Träumen bereits vor sich sehen, wie ganze Schulklassen über ihrem abgehobenen Selbstdeutungsgefasel brüten. Die ihre Tagebücher an die Nachwelt adressieren – »Heute drei gekochte Eier gegessen. Danach: Schreiben« – und ihre gesammelten Einkaufszettel *prae mortem* dem Marbacher Literaturarchiv vemachen. Poetik ist etwas für Bedeutungshuber, die jeder ihrer Kurzgeschichten die Weltformel abpressen können. Für Wichtigtuer, die es für schicksalsentscheidend halten, dass sie am liebsten zwischen vier und sechs Uhr morgens arbeiten und dann noch einmal zwischen drei Uhr nachmittags und halb sieben, dass sie die Inspiration mit Ingwerplätzchen anlocken, nur zur Musik von Pachelbel kreativ sein können und im Falle einer Schreibblockade ein Sträußchen Petersilie zwischen den Fingern halten, an dem sie gelegentlich riechen. Poetik ist für jene fatale Mischung aus Adabei und Drückeberger, die sich lieber mit Poetikvorlesungen wichtig macht, als einen neuen Roman zu verfassen. Also für Aufschneider, Quacksalber, Schwächlinge, Oberlehrer, Zivilversager und andere Scharlatane.

Mit anderen Worten: Ich bin dabei.

Mit freundlichen Grüßen
Juli Zeh

2

Chef,

es ist mitten in der Nacht. Durch schlecht verhüllte Fenster strahlt die Beleuchtung der gegenüberliegenden Stadthalle, so dass ich in meinem halblebigen Hotelschlaf immer wieder denke: Heureka, die schreckliche Nacht ist endlich vorbei, die Sonne scheint, ich darf aufstehen – und dann ist es doch erst drei Uhr morgens.

Mich hat gerade die heilige Inspiration getroffen, so dass ich ein weiteres Mal aus dem Schlaf gefahren bin. Wie Schuppen ist es mir von den Augen gefallen: Wir müssen die blaue Tonne rausstellen! Dringend! Machst du das bitte? Am besten genau jetzt? Wenn wir diesen Monat den Abtransport des Papiermülls verpassen, können wir die Umschulung zu einem papierfernen Beruf beantragen. Mit sofortiger Wirkung.

Dein, na ja, Hotelzimmer

Liebe Wanda,

über deine Mail musste ich lachen. Natürlich macht schreiben keinen Spaß! Wie kommst du denn auf so etwas? Das wird doch bei deiner Lyrik nicht anders sein. Setzt du dich an den Rechner und wartest darauf, dass der Spaß einsetzt? Und wenn der Spaß ausbleibt, legst du die Arbeit wieder weg? Kein Wunder, dass Gedichte so kurz sind.

Um Spaß zu empfinden, braucht der Mensch eine gewisse Erfolgsquote bei dem, was er tut. Wer Pool-Billard spielt, möchte hin und wieder eine Kugel versenken. Wer Fußball spielt, ein Tor schießen. Jeder Angestellte will ab und zu hören, dass er seinen Job gut macht. Beim Schreiben gibt es keine Taschen oder Tore und auch niemanden, der einen lobt. Es gibt nur den Autor, der immer alles schlecht findet, was er geschrieben hat. Erfolg beim Schreiben ist das Gefühl, einen Satz verfasst zu haben, der das Gemeinte tatsächlich enthält und dabei auch noch gut klingt. Solche Momente sind selten. Im Normalfall bewegt sich das Schreiben in konsequentem Sicherheitsabstand zu dem, was man eigentlich sagen will. Oder, vielleicht besser formuliert (denn auch jetzt gerade bewege ich mich in recht großer Entfernung zu dem, was ich eigentlich sagen will): in konsequentem Sicherheitsabstand zu dem, was man sieht, hört, fühlt. Das Erzählen einer Geschichte gleicht dem Versuch, einen Film, der im Kopf abläuft, durch Worte fassbar zu machen. Bestimmt hast du schon einmal versucht, Freunden nach einem Kinobesuch von dem gesehenen Film zu erzählen. Während du angestrengt versuchtest, der Handlungsschleifen Herr zu werden (»Nee, wartet mal, erst hat er ihr erzählt, dass er seinen Job verloren hätte, dann wurde er vom Geheimdienst angeheuert, während sie …«), beginnen die Zuhörer heimlich zu gähnen, sehen auf die Uhr, gehen schließlich auf die Toilette. Du gibst auf und denkst: »Das kann man eben nicht erzählen, das muss man selbst gesehen haben.«

Dieser Gedanke ist der Soundtrack des Schreibversuchs. Ich sehe was, das du nicht siehst, und das ist – unbeschreiblich. Nicht umsonst sind wir sprachlos, ohne Worte, mit zugeschnürter Kehle und trockenem Mund, wenn uns etwas besonders heftig bewegt. Und ausgerechnet dort will Literatur stattfinden: wo das Unsagbare, Unbeschreibliche, Unaussprechliche beginnt.

Wenn ich versuche, das Verhältnis von Erfolg und Misserfolg beim Schreiben zu überschlagen, komme ich auf ein skandalöses Ergebnis. Ein gelungener Satz, der plötzlich aufgeht wie eine mathematische Gleichung, gelingt mir vielleicht alle vier Wochen. Wenn ich, was selten der Fall ist, konsequent arbeite, schreibe ich im Schnitt vier Seiten am Tag, also etwa tausend Wörter. Bei einer durchschnittlichen Satzlänge von zehn Wörtern pro Satz sind das hundert Sätze am Tag und dreitausend Sätze im Monat. Damit stünde der Erfolg im Verhältnis eins zu dreitausend. Immer noch besser als Lotto. Aber für gelungene Sätze bekommt man eben auch keine 14 Millionen Euro oder eine lebenslange Rente. Man bekommt ein paar beschleunigte Herzschläge, ein Kribbeln in den Eingeweiden und ein Lächeln, das sich ganz von selbst über das Gesicht breitet. Man hat dem Unaussprechlichen ein Schnippchen geschlagen. Mithilfe eines Kunststücks namens Sprache ist es gelungen, in den dunklen Schatzkammern des menschlichen Erlebens eine Winzigkeit zu erbeuten und ans Licht zu holen. Dann ist der Augenblick der Freude vorbei, man stürzt sich wieder in den permanenten Beutezug und muss die nächsten 2 999 gescheiterten Versuche ertragen, ohne den Mut zu verlieren.

Eine derart miserable Erfolgsquote ist spaßfeindlich. Fast täglich komme ich an den Punkt, mir zu wünschen, ich hätte die Juristerei nicht an den Nagel gehängt. Im Vergleich zum Schreiben ist Jura so handfest wie Kartoffelschälen oder Pulloverstricken. Nach vollbrachtem Tagwerk betrachtet man zufrieden das Ergebnis der Hände Arbeit und legt dieselben in den Schoß. Ein Schriftsteller kennt keinen Feierabend. Er ist immer im Dienst, weil er niemals genug getan hat. Stets bewegt er sich im Ungefähren, ohne Kriterien für gut und schlecht, richtig oder falsch. Am Abend hat er unter Umständen mehr gelöscht als geschrieben und muss trotzdem daran glauben, dass das jetzt ein gewinnbringender Arbeitsschritt war.

Abgesehen davon verfügt ein Jurist im Normalfall über ein Sekretariat, vielleicht noch über Rechtsanwaltsfachangestellte, Referendare und Praktikanten. Im

Unterschied dazu ist der Schriftsteller ein mittelständisches Unternehmen ohne Mitarbeiter. Mindestens die Hälfte seiner Zeit verbringt er mit Telefon- und E-Mail-Kommunikation, Rechnungslegung, Reiseplanung, dem Beantworten von Schülerfragen, Telefoninterviews und der Autorisierung von Telefoninterviews, Auftragstexten, Buchführung, Umsatzsteuervoranmeldung, Archivierung von Pressemappen und Belegexemplaren sowie der Entsorgung von Altpapier. Mal abgesehen von den ständigen Veranstaltungsreisen. Auch nicht gerade spaßfördernd. Rätselhafterweise ist Schriftsteller trotzdem der schönste Beruf der Welt. Mehr als das. Schriftsteller zu sein, ist eine Auszeichnung. Ein Privileg. Das hat mit Freiheit zu tun und mit drei Dingen, an die ich glaube: Liebe, Literatur und Liebe zur Literatur.

Deine Juli

Sehr geehrte Direktion des Y-Hotels in X-lingen,

nach einer Lesung in der gut ausgeleuchteten Stadthalle der schönen Stadt am N. übernachtete ich gestern in Ihrem Hotel. Weil mir vor der leicht panischen Abreise die Zeit fehlte, den auf dem Nachttisch vorgefundenen Bewertungsbogen auszufüllen, möchte ich Ihnen mein

Feedback auf diesem Weg zukommen lassen. Es folgt eine kleine Chronologie des heutigen Morgens in Ihrem Haus.

6:30h: Das »ruhige Zimmer nach hinten raus« ist auf 30 Grad geheizt und liegt am Wildwechsel zwischen Sauna und Frühstücksraum. Schon lange vor Sonnenaufgang unterhalten sich vor meiner Tür gut gelaunte Frühaufsteher über Eukalyptusaufgüsse und Müslisorten. Ich stelle mich tot, was aufgrund der hohen Raumtemperatur ohnehin fast der Realität entspricht.

7:30h: Ich kapituliere. Der Veranstaltungsabend gestern ging bis halb zwei, der Restalkohol ist zu einem Helm geronnen, der meinen Kopf einzwängt, aber ohne eine Chance auf Schlaf muss ich auch nicht länger auf der hängemattenförmigen Matratze liegen.

7:40h: Im Zimmer gibt es ein WLAN-Netz, operated by Deutsche Telekom. Weil die Telekom das Internet als eine knappe Ressource betrachtet, die man teuer verkaufen kann, soll ich für eine Stunde Online-Zeit fünf Euro bezahlen. Kommt gar nicht in die Tüte.

7:42h: Hinter dem Fernseher finde ich ein LAN-Kabel, das sich in meinen Laptop einstecken lässt. Weil der Akku alle ist, brauche ich eine Steckdose. Diese befindet sich auf der anderen Seite des Raums. Ich spanne die Kabel bis zum Äußersten und lasse den Laptop frei in der Luft schweben, während ich meine Mails abrufe.

7:43h: Vor dem Fenster fallen ein paar Regentropfen. Die Deutsche Bahn informiert auf ihrer Homepage über Streckenstörungen, Verspätungen und Zugausfälle.

7:55h: Um kurz vor acht wirft sich ein Zimmermädchen mit dem Kampfschrei »Mini-Bar!« gegen die Tür meines Zimmers. Weil ich die Sicherheitskette vorgelegt habe, endet der Angriff zehn Zentimeter hinter der Schwelle. Zu Tode erschrocken frage ich durch den Türspalt, ob sie immer auf diese Weise die Zimmer stürmt. Ihre Antwort lautet: »Ja.« Ich frage, was sie macht, wenn gerade ein nackter Mann aus der Dusche tritt. Sie sagt: »Nichts«, und informiert mich darüber, dass ich das Bitte-Nicht-Stören-Schild an meine Klinke hängen soll, wenn ich nicht gestört werden will. Als alter Hotel-Profi hatte ich das Bitte-Nicht-Stören-Schild an meiner Klinke befestigt, aber ein eifriger Bote hat eine Ausgabe der X-linger Tageszeitung in einer Plastiktüte darübergehängt.

8:04h: Spiegel Online berichtet von der UNO-Abstimmung zur Palästinafrage. Wo ist eigentlich Guido Westerwelle, formerly known as deutscher Außenminister? Gibt's den noch oder ist er inzwischen mit neuer Brille und neuer Identität Mitglied bei der Piratenpartei?

8:20h: Weil sich die Gummilippe am unteren Rand der Duschkabinenwand abgelöst hat, endet die ausgiebige Morgendusche mit einer Überschwemmung. Wer seine Klamotten auf dem Badezimmerboden liegen lässt, ist selbst schuld, und zwar an allem.

8:45h: Die quer durch den Raum gespannten Kabel

eignen sich hervorragend zum Aufhängen nasser Kleidungsstücke. Wenn ich jetzt noch den Papierkorb umwerfe, sieht mein Hotelzimmer aus wie eine Installation von Jonathan Meese.

9:03h: Ich hole mir Rührei, Brötchen und Orangensaft am Frühstücksbüffet.

9:06h: Ich sitze mit Rührei, Brötchen und Orangensaft an einem ansonsten komplett leeren Tisch. Die Servicekräfte ignorieren mich.

9:09h: Weil ich nicht mit den Fingern essen will, laufe ich einer Servicekraft hinterher und bitte um Besteck, eine Serviette sowie Kaffee, möglichst mit Tasse. Der Blick der jungen Dame ist vernichtend. Ob mir bewusst sei, dass das Frühstück unter der Woche um neun Uhr ende? Ich sehe auf die Uhr: zehn nach neun. Nein, das war mir nicht bewusst. Die junge Dame widmet ihren Kolleginnen an der Rezeption, welche versäumt haben, diese Information an mich weiterzugeben, ein paar deftige Flüche. Ich frage, ob ich trotzdem Messer und Gabel haben kann. Sie überlegt. Zögert. Wägt das Pro und Contra ab. Versucht, eine Entscheidung zwischen öffentlicher Ordnung und Mildtätigkeit zu treffen. Die Mildtätigkeit gewinnt. Ich weine vor Dankbarkeit.

9:27h: Als ich zurück aufs Zimmer komme, kniet das Zimmermädchen, ungerührt von dem sie umgebenden Chaos, vor der offenen Tür der Mini-Bar und unterzieht den Inhalt einer sorgfältigen Prüfung. Ich *weiß*, dass ich der Mini-Bar nichts entnommen habe, fühle mich aber trotzdem schuldig.

9:33h: Ins beindicke Gästebuch schreibe ich zum Abschied, wie gut es mir in X-lingen und besonders im Y-Hotel gefallen hat. Ich befürchte, dass sie mich andernfalls nicht gehen lassen.

9:35h: Beim Auschecken werde ich mit »Frau Lawinsky« angesprochen, man wünscht mir einen schönen Tag. Glück gehabt.

Ich werde oft gefragt, ob ich auf Lesereisen gut arbeiten kann, zum Beispiel in Zügen, wo Menschen ihre Lebensgeschichten aus vollem Hals ins Handy schreien, oder vielleicht im Hotel. Man sagt, in früheren Zeiten hätten Schriftsteller monatelang in Hotels gelebt, um ihre Romane fertigzustellen. Vielleicht war das nicht in X-lingen. Oder vielleicht waren die einfach härter als ich.

Mit dem Gruß »Hotel ist, wenn man trotzdem lacht« bleibe ich für dieses Mal

Ihre
Juli Zeh

Liebe Abfallberatung des Landkreises Mittelbrandmark,

wir haben ein Problem. Als Freiberufler in einem papiernahen Beruf erzeugt unser Haushalt große Mengen von Altpapier. Erschwerend kommt hinzu, dass wir mangels Einkaufsmöglichkeiten einen Großteil unseres Konsumbedarfs im Internet decken, und zwar auch dann, wenn es sich um Möbel, elektronische Großgeräte oder Zentnersäcke Pferdefutter handelt. Alle diese Dinge kommen in Kartons. In großen Kartons.

Ihrem Flyer haben wir den zynischen Hinweis entnommen, das Volumen unserer Papiertonne optimal auszunutzen, indem wir Kartons flach zusammenfalten. Das versuchen wir. Es wäre einfacher, die Tonne zu falten und in den Kartons unterzubringen. Am vierten Tag nach der Abholung ist die Tonne wieder voll. Bis zum nächsten Mülltermin verbleiben dann noch drei Wochen, in denen wir nachts durch die Gärten schleichen, um unseren Papiermüll auf die Tonnen der Nachbarn zu verteilen. Wenn auch diese voll sind, entfachen wir hinter dem Haus ein fünf Meter hohes Papierfeuer. Den Rest vergraben wir im Wald. All das ist verboten. Auch bleibt uns vor lauter Altpapierentsorgung kaum noch Zeit für die Altpapiererzeugung, die doch unseren eigentlichen Beruf darstellt.

Wir möchten deshalb hiermit die Bereitstellung einer zweiten blauen Tonne beantragen.

MfG, Zeh

Alter Schwede,

Karl Treidel braucht eine Perspektive. Ich kann auf Kenntnisse über viele Dinge verzichten, wenn ich mit dem Schreiben beginne (Plot, Thema, Motivik, Nebenfiguren, das Ende der Geschichte – nichts davon muss am Anfang feststehen). Ansonsten aber ist es in der Literatur wie in der Resozialisierung: Ohne Perspektive geht gar nichts. Schon wenn ich den Satz: »Karl Treidel braucht eine Perspektive« schreibe, muss ich wissen, wer ihn sagt. In unserem Fall ist das einfach – ich. Oder besser gesagt: Das, was ich für mich halte, in Verbindung mit dem, was du für mich hältst. Vielleicht doch nicht ganz so einfach. Aber wenn das hier jetzt keine E-Mail wäre, sondern Literatur ... Dann würde dieser Fünf-Wörter-Satz über den gesamten Fortgang des Romans entscheiden, und es wären Feinheiten, Winzigkeiten, die den Unterschied machten.

»Karl braucht eine Perspektive« wäre höchstwahrscheinlich personal: Die Gegenwartsform zieht den Leser ins Szenische, die Verwendung des Vornamens schafft Intimität. Bei einem solchen Satz hockt der Erzähler auf Karl Treidels Schulter, sieht, was Karl sieht, weiß, was Karl weiß, könnte beinahe ein Ich-Erzähler sein. Selbst »Karl braucht eine Perspektive, dachte Karl« wäre denkbar – und würde Karl, Erzähler und Autor mit einem Schlag zu komischen Käuzen machen.

»Karl Treidel brauchte eine Perspektive« hingegen, oder sogar: »Was Karl Treidel brauchte, war eine Perspektive« schafft einen Vorgesetzten im Text, einen Besserwisser, Oberlehrer, Alleskönner, Drübersteher. Einen auktorialen Erzähler. Manche würden sagen: einen Anachronismus. Erinnerst du dich an den Perspektivstreit am Literaturinstitut in Leipzig, oder war das vor deiner Zeit? In den späten Neunzigern galt es am Institut als gesicherte Wahrheit, dass Sätze wie »Was Karl Treidel brauchte, war eine Perspektive« heutzutage nicht mehr möglich seien. Man hätte mir hundertprozentig vorgeschlagen, Treidel aus der Ich-Perspektive zu erzählen: »Ich brauche eine Perspektive, dachte Karl.« Die eine Hälfte der Studenten schrieb damals Ich-Erzählungen, die andere personal. Während meine Lieblingsautoren Leute wie Balzac, Musil oder Mann waren, stellte Raymond Carver am Institut die äußerste Grenze der erzählerischen Distanz dar. Alle Versuche, um Carver herumzukommen, wurden in den Seminaren durch gnadenlose Verrisse quittiert. Carver war das Flakgeschütz einer neuen Lakonie, die als einzig vertretbare Erzählhaltung galt. Verwendung von Adjektiven? Carver – Boom! Verschachtelte Satzkonstruktionen, indirekte Rede? Carver – Boom, Boom! Auktorialer Erzähler in Sicht? Alle Carver gefechtsklar, Feuer frei und holt ihn euch! Eines Tages hatte sich ein Dozent zu der Behauptung verstiegen, auktoriales Erzählen sei »nicht mehr zeitgemäß«. Seit diesem Moment herrschte Krieg. An meiner Seite kämpfte mein künftiger Ehemann. Einer seiner Kurzgeschichten hatte der Chef das Motto vorangestellt: »In Gedenken an alle, die beim

Versuch, auktorial zu erzählen, den Verstand verloren«. Das beeindruckte mich. In den Schützengräben der Auktorialität haben wir uns ineinander verliebt.

»Der Mann ohne Eigenschaften, von dem hier erzählt wird, hieß Ulrich, und Ulrich – es ist nicht angenehm, jemand immerzu beim Taufnamen zu nennen, den man erst so flüchtig kennt! [...] – hatte die erste Probe seiner Sinnesart schon an der Grenze des Knaben- und Jünglingsalters in einem Schulaufsatz abgelegt, der einen patriotischen Gedanken zur Aufgabe hatte. Patriotismus war in Österreich ein ganz besonderer Gegenstand.«

Zugegeben – man hört die achtzig seit der Niederschrift dieser Zeilen vergangenen Jahre. Unermüdlich quälten sich der Chef und ich bei dem Versuch, einen zeitgemäßen auktorialen Tonfall zu finden. Das größte Scheitern stellt mein erster Roman »Adler und Engel« dar, den ich auf halber Strecke in eine Ich-Erzählung umschrieb, weil ich merkte, dass mir die Sache aus dem Ruder lief. Mein erzählerischer Metabolismus war der Vielschichtigkeit und den unendlichen Möglichkeiten der Auktorialität noch nicht gewachsen.

Trotzdem weigerte ich mich zu glauben, dass eine Erzählhaltung veralten kann. Ich vertrat die These, dass die Auktorialitätsfeindlichkeit der Neunzigerjahre weniger mit ästhetischen Kriterien als mit außerliterarischen Mentalitäten zu tun hatte. Wir hatten gerade ein paar Jahrzehnte damit verbracht, die »Großen Narrationen« der Ideologien zu dekonstruieren. Wohin es führt, wenn einer führt, hatten wir im Geschichtsunterricht ausgiebig studiert. Gott war tot, die Familie nur noch eine Freizeitgemeinschaft. Klassenlehrer, Priester und Bundespräsidenten jagten niemandem Angst ein – sie waren auch nur Menschen, die man aus dem Amt mobben konnte. Mit Omnipotenz in jeder Form hatte man gründlich aufgeräumt. Folglich fehlte einer erzählenden Autorität im demokratischen Alltag die Entsprechung. Man wollte keine Autorität sein, sondern »ich«. Allwissenheit war im Zeitalter des Internets plötzlich keine phantastische Sehnsucht mehr, sondern ein Fluch. In einer Welt der globalisierten Möglichkeiten wird die Möglichkeitenfülle zur Bedrohung. Seit jeder von uns ein Miniatur-Gott in seinem persönlichen Universum sein muss, ist Allmacht eine Horrorvision.

Schon damals, Mitte der Neunziger, zogen die ersten Vorboten einer neuen Verzagtheit in das Post-Kalter-Krieg-Lebensgefühl ein. Während in Politik und Medien die »Experten« den Diskurs übernahmen, verkroch sich der Normalbürger zusehends im Schneckenhaus der Privatheit. Warum hätte man dann beim Schreiben den Obermacker markieren sollen?

Ich wusste auch nicht, warum. Es war einfach so, dass ich nur auktoriale Erzählungen für »echte« Literatur hielt. Ich beendete das Studium, ließ das Literaturinstitut innerlich und äußerlich hinter mir und latzte drauflos. Ungehemmt. Von keines Zweifels Blässe angekränkelt, wie ein Radiofeuilletonist sagen würde. Ich tötete Carver mit jedem Satz. Ich badete in Adjektiven, Abstraktionen, Alliterationen, soff Metaphern, warf mit rhetorischen Fragen um mich, sang Arien in indirekter Rede.

»Was, wenn die Urenkel der Nihilisten längst ausgezogen wären aus dem staubigen Devotionalienladen, den wir unsere Weltanschauung nennen? Wenn sie die halb leer geräumten Lagerhallen der Wertigkeiten und Wichtigkeiten, des Nützlichen und Notwendigen, Echten und Rechten verlassen hätten, um auf Wildwechseln in den Dschungel zurückzukehren, dorthin, wo wir sie nicht mehr sehen, geschweige denn erreichen können? Was, wenn ihnen Bibel, Grundgesetz und Strafrecht nie mehr gegolten hätten als Anleitung und Regelbuch zu einem Gesellschaftsspiel? Wenn sie Politik, Liebe und Ökonomie als Wettkampf begriffen? Wenn ›das Gute‹ für sie maximierte Effizienz bei minimiertem Verlustrisiko wäre, ›das Schlechte‹ hingegen nichts als ein suboptimales Resultat? Wenn wir ihre Gründe nicht mehr verstünden, weil es keine gibt?

Woher nähmen wir dann noch das Recht zu beurteilen, zu verurteilen, und vor allem – wen? Den Verlierer des Spiels – oder den Sieger? Der Richter müsste zum Schiedsrichter werden. Mit jedem Versuch, Erlerntes anzuwenden und Recht in Gerechtigkeit zu übersetzen, würde er sich der letztverbliebenen Todsünde schuldig machen: der Heuchelei. Wenn das alles ein Spiel ist, sind wir verloren. Wenn nicht – erst recht.«

Nach fünf Monaten hatte ich tausend Seiten in diesem Duktus vollgeschrieben und machte *Spieltrieb* daraus. Bei *Schilf* ging ich noch einen Schritt weiter und verlängerte die Auktorialität ins Thematische. Ich ging der Idee nach, dass Gott, der auktoriale Erzähler und der »Beobachter« in der Quantenphysik eng miteinander verwandt sein müssten, weil alle drei Betrachten und Erschaffen in eins setzen, indem sie durch Wahrnehmung (allein das Wort: Wahr-Nehmung!) schöpferisch auf die Wirklichkeit einwirken. Diese Erkenntnis führt schnurstracks in den Wahnsinn. Oder in die Literatur. Ich entschied mich für Letzteres. Auch wenn ich mit *Schilf* aus verschiedenen Gründen nicht zufrieden war, hatte ich am Ende das Gefühl, aus dem Auktorialitätskrieg als Siegerin hervorgegangen zu sein. Nächstes Projekt: Einstellen der Kampfhandlungen.

Es kommt mir vor, als wären seitdem Jahrzehnte vergangen. Während ich hier so vor mich hin plappere, Bilanz ziehe und in alten Texten blättere, werde ich regelrecht sentimental. Vergangene Romane sind wie Kinderphotos: Man schaut hinein und sieht ein vergangenes Ich, eine ganze vergangene Lebensepoche daraus hervorsteigen. Ich krame in »Reste«-Dateien, wo rausgekürzte Stellen auf den Regalen eines Museums ohne Besucher hocken, nehme hier und da ein Fundstück heraus und betrachte es staunend: Wie dreist ich damals war!

»Scharfkantige Wolkenschatten krümmten sich zuckend bei ihrer Wanderung über Hauswände, Autodächer, Baumstämme. Aus der Bäckerei, die Ada betreten wollte, kam ein Mann und ordnete unter dem Mantel mit beiden Händen seine Hose, als hätte er in die Auslage gepinkelt oder die Verkäuferin begattet. Ein leises Klimpern ertönte, während er Wechselgeld in die Tasche gleiten ließ.«

Scharfkantige Wolkenschatten krümmten sich zuckend – was für ein Schwachsinn, aber, alter Schwede, so dachte, fühlte, klang ich damals. Ich war keine dreißig, also jung, als ich das schrieb, und jetzt bin ich mindestens mittelalt und muss nicht mehr auktorial erzählen. Die Jugend stürmt den Himmel, das Alter senkt den Blick zu Boden und studiert die Erde, unter der es demnächst zu liegen kommt. So führt der Weg von der Vogel- in die Froschperspektive, und ich, lieber Schwede, stehe genau dazwischen, am Wendepunkt, und deshalb wird Treidel eine Mischung, weder auktorial noch personal, sondern beides.

Wie das geht? Ganz einfach, das ist der Chronist, das ist Dr. Watson, der uns die Abenteuer des Sherlock Holmes berichtet. Ein personales Ich, weit entfernt davon, allwissend zu sein, im Gegenteil den Fähigkeiten des Meisterdetektivs weit unterlegen. Und doch heimlicher Chef der Hauptfigur, weil uneingeschränkter Herrscher über das Erzählgeschehen. Ein auktorialer Ich-Erzähler.

Bin gerade aufgestanden und zum Regal gegangen. Mir schwante etwas. Habe den *Großen Gatsby* aus dem Regal genommen und an beliebiger Stelle aufgeschlagen. Und siehe da, es war mir beim Lesen gar nicht bewusst gewesen, aber: Fitzgerald hat es genauso gemacht. Der Große Gatsby gibt Titel und Hauptfigur, der kleine Nick den Ich-Erzähler. Vielleicht ist das der wahre Grund, warum mein narratives Halbbewusstsein einen Das-musst-du-schreiben-Imperativ auf mich abschoss, als ich im *Gatsby* las. Weil ich mich gerade an der Schwelle zum Mittelalter befinde. *Midlife* ohne *crisis.* Das Zeitalter des Chronisten.

Jetzt haben wir also Titel und Treidel und brauchen als nächstes einen Chronisten, nach dem ich in den kommenden Tagen Ausschau halten werde. Melde mich wieder nach der blöden Buchmesse, die du natürlich schwänzt, obwohl du doch angeblich so ein Ober-Networker bist. Alter Schwede!

Juliette

Liebe Abfallberatung des Landkreises Mittelbrandmark,

nein, ich bin keine Firma. Nein, ich betreibe kein Gewerbe. Nein, ich bin nicht Landwirt im Nebenerwerb. Ich bin auch keine Partei, keine paramilitärische Einheit, nicht einmal ein Kleingartenverein. Trotzdem will ich nicht einsehen, dass diese und ähnliche Körperschaften zusätzliche blaue Tonnen beantragen dürfen, ich aber nicht. Leider zeigt die Erfahrung, dass man kein Schwarm sein muss, um Lawinen von Altpapier aufzutürmen. Man schafft das auch allein. Es reicht, wenn diejenigen ein Schwarm sind, die einem das Altpapier zuschicken. Dann braucht man eine zweite blaue Tonne. Dringend.

MfG, Zeh

Holger,

gerade eben habe ich mit Jan in Stockholm per E-Mail die guten alten Zeiten am Literaturinstitut beschworen, da kommst du um die Ecke und erzählst, dass sie dich als Gastdozenten nach Leipzig eingeladen haben. Und fragst mich, ob du die Einladung annehmen sollst. Wahrscheinlich hast du ein bisschen gegoogelt und bist auf Presseberichte gestoßen, die klingen, als würde am Literaturinstitut der Satan beschworen. Insoweit kann ich dich beruhigen. Der Hass, den das Feuilleton jahrelang über dem Literaturinstitut ausschüttete, war nicht von real existierenden Missständen befeuert. Sondern schlicht von der Tatsache, dass es im deutschen Sprachraum eine Provokation darstellt, eine universitäre Einrichtung auf der Prämisse zu gründen, man könne Schreiben lernen. Der göttliche Nimbus der Literatur wird noch immer reflexartig verteidigt, weniger von uns Autoren als von Sekundär- und Tertiärteilnehmern aus den Reihen der Literaturperistaltik. Kein Pianist wird gefragt, ob man Klavierspielen lernen könne, kein Bildhauer oder Maler, wozu es Kunsthochschulen gebe. Ein Institut für angehende Schriftsteller hingegen macht sich automatisch verdächtig. Entweder wird da eine Art Text-Voodoo betrieben. Oder es handelt sich um eine Kaderschmiede für amerikanisierte Mainstream-Autoren, in der ein *creative-writing*-Dozent die Plot-Peitsche schwingt, während gebeugte Jungautoren in rasender Geschwindigkeit nach Schema F verfasste Übungsstorys in ihre Laptops hämmern. Oder es ist eine kreative Selbsterfahrungsgruppe, in der ein paar Neurotiker beim Warmwassertreten ihre Kindheit aufarbeiten. In freien Versen.

Die Idee vom Genie folgt einer simplen Gleichung: Literatur ist Alphabetisierung plus X. Und dieses geheimnisvolle X kommt aus dem Äther, es ist göttliche Gabe oder kreatives Mysterium. Es entfaltet sich beim Lustwandeln in Rosengärten oder beim nächtlichen Herumirren in schäbigen Großstädten, eine Weinflasche in der Tasche des grauen Staubmantels, dessen Kragen der kreißende Autor bis über die Ohren hochgeschlagen hat. Obwohl Edisons Ausspruch »Genie ist ein Prozent Eingebung und neunundneunzig Prozent Schweiß« in den allgemeinen Sprachgebrauch eingegangen ist, glaubt der Deutsche weiter an den Dichterpriester, der nächtens an des Kosmos' Busen liegt und ebendiesem seine Botschaften ablauscht.

Ganz sicher ist das Institut weder Kaderschmiede noch Selbsterfahrungsgruppe. Während ich darüber nachdenke, wie ich erklären soll, was es sonst ist, fällt mir auf, wie gravierend sich das Selbstbild der Schriftsteller in den letzten Jahren verändert hat. Als ich vor 16 Jahren anfing, am Institut in Leipzig zu studieren, gab es noch keine gesamtdeutsche Popliteratur. Es gab überhaupt keine jungen Autoren. Nach allgemeiner Auffassung befand sich ein Schriftsteller unter vierzig in der pränatalen Phase seiner Existenz. An den Schulen hörte die Gegenwartsliteratur bei Wolfgang Borchert auf. Auch sämtliche meiner Lieblingsautoren teilten zwei Eigenschaften: Sie waren erstens männlich und zweitens tot. Beides fand ich – wenn auch nicht in gleichem Maße – wenig erstrebenswert, weshalb ich nach der Schule nicht im Traum darauf gekommen wäre, »Schriftsteller« als ernstzunehmendes Berufsbild zu betrachten. Weil mir nichts Besseres einfiel, machte ich ein Jahr lang nichts und begann dann ein Jurastudium in Passau. Unter den 800 Studenten meines Jahrgangs lag die Barbour-Jacken-Dichte bei annähernd 90 Prozent, begleitet von Perlenohrringen, samtenen Haarbändern, gestreiften Hemden und Zopfmuster-Pullis mit V-Ausschnitt. Weil ich einen Armeeparka trug und mit Mischlingshund in die Vorlesungen kam, lernte ich gleich in der ersten Woche jene drei anderen Studenten kennen, die auch keine Lust auf Rechtswissenschaft hatten.

Wenig später wohnten wir in einer WG zusammen und widmeten uns der systematischen Totalversumpfung. Meist verließen wir gegen Mittag die jeweiligen Betten und torkelten in die Küche, wo wir den übrig gebliebenen Weißwein vom Vorabend sowie die Reste einer grasbetriebenen Spaghettischlacht verkosteten. Wer bis 16h einigermaßen bei Sinnen war, ging aus Gewissensgründen in die Uni und hörte irgendwelche nicht-examensrelevanten Fächer wie Rechtsphilosophie oder Rechtsgeschichte, die außerhalb der besten Sendezeit gegeben wurden. Danach ging es in den »Innsteg«, wo man so lange Kaffee trank, bis es wieder Zeit zum Saufen war.

Obwohl Selbstzerstörung ein nettes Hobby ist, langweilte ich mich in den ersten drei Semestern und schrieb deshalb ziemlich viel. Mein Zimmer grenzte unmittelbar an die WG-Küche, wo es nach der Rückkehr aus dem »Innsteg« gegen 21 Uhr meist recht lustig zuging. In regelmäßigen Abständen wurde gegen meine Tür gehämmert, bis ich endlich herauskam und mich an den Tisch setzte. Die WG wusste, was ich hinter verschlossener Tür trieb, durfte aber keine Texte lesen, was als menschenrechtswidriges Verhalten klassifiziert wurde. Auf scharfe Verurteilungen meiner Sturheit folgte ein einstimmig beschlossenes Ultimatum mit der Androhung einer humanitären Intervention in meinem Zimmer, sollte ich nicht umgehend einige Seiten ausliefern. Ich gehorchte. Meine Mitbewohner lasen und verlangten mehr. Nicht weil die Texte so gut gewesen wären, sondern weil viele Handlungsorte und Figuren unserem gemeinsamen Umfeld entstammten. Mir war das peinlich, aber der anhaltende Terror erzeugte Gewöhnung. Fast automatisch begann ich, meine frischgebackenen Leser in den Text einzubauen, sie schöner, größer, schneller, klüger zu machen, als sie in Wirklichkeit waren, und sicherte mir auf diese Weise anhaltende Zustimmung.

So lebten wir in friedlicher Koexistenz, bis eines Nachts an unserem Küchentisch irgendein Bekannter auftauchte, der jemanden kannte, der von der Gründung einer Schriftstellerschule in Leipzig gehört hatte. Der Plan war schnell gefasst: Ich würde mich an dieser Schule bewerben, zur Not mein Jurastudium abbrechen, wenn das nicht anders ging, und die WG hätte einen Anlass, geschlossen nach Leipzig ziehen, um endlich aus dem Scheißkaff Passau herauszukommen. Implementierung folgte. Dass das Literaturinstitut meine Bewerbung ablehnte, interessierte meine Mitbewohner nicht, da wir die Wohnung in Passau bereits gekündigt und eine neue in Leipzig gemietet hatten. Also zogen wir nach Leipzig und ich bewarb mich ein halbes Jahr später ein zweites Mal, überraschenderweise dann doch mit Erfolg.

Meine Erinnerungen an die erste Zeit am Literaturinstitut sind ein wenig psychedelisch. Leipzig war noch nicht saniert, und das Institut hatte noch keine schicke Gründerzeitvilla im Musikerviertel. Stattdessen hockte irgendwo zwischen zwanzigstem und dreißigstem

Stockwerk des Uni-Hochhauses eine Handvoll Gestalten an Resopal-Tischen. Ein bleiches Mädchen, das traurig durch den vertikalen Spalt in seiner schwarzen Frisur schaute, neben einem Mann undefinierbaren Alters, der in einer Ligusterhecke aus Haaren kauerte. Dazu ein langer dünner Mensch, dem die Beine brechen mussten, falls er einmal aufstand. Ich fühlte mich nervös und fehl am Platz und begriff nicht ein Wort des Seminarinhalts. Meine Übung im Sprechen über literarische Texte lag bei Null. Ich schrieb zwar von Kindesbeinen an, zeigte das Geschriebene aber nicht her. Meine Geschichten und Romane hatte ich früher in einem Loch versteckt, das ich in den Dielenboden des Kinderzimmers gesägt hatte. Auch bei geschlossenem Deckel war das Loch ohne Weiteres zu erkennen, so dass immer etwas darauf stehen oder liegen musste. Dafür war unter den Dielen jede Menge Platz für meine Texte. Schreiben war mir peinlich. Das hat sich bis heute nicht geändert. Inzwischen glaube ich sogar, dass Schreiben schlichtweg peinlich *ist*, genau wie das Leben selbst.

Entsprechend verängstigt und ungewohnt wortkarg saß ich im ersten Semester am Literaturinstitut herum und sah Hans-Ulrich Treichel beim Killen von überflüssigen Adjektiven zu. Meine persönliche Katharsis begann in dem Augenblick, als ich an die Reihe kam, dem Seminar einen meiner Texte vorzustellen. Ich war es nicht gewohnt, gelesen zu werden, und jetzt wurde ich nicht nur gelesen, sondern verrissen. Der Schreck fuhr mir in die Knochen und blieb dort. Ich konnte schlecht sämtliche Dozenten und Studenten in meine Texte einbauen, um alle zufriedenzustellen. Also versuchte ich auf andere Weise, mich anzupassen. Probierte Kurzgeschichten statt ausschweifender Epen. Schwelgte nicht länger in Phantasien, sondern überprüfte Adjektive auf ihre Notwendigkeit, Kommata auf ihre Ersetzbarkeit durch Punkte, Vergleiche auf Genauigkeit, den Rest auf Verständlichkeit. Das Ergebnis maß ich an der Textintention. Nach ein paar Monaten war ich in der Lage, Geschichten zu schreiben, die in den Seminaren nicht mehr komplett durchfielen. Ich war zu meinem eigenen Lektor geworden, hatte mich vom heimlichen Schreiber zum angehenden Schriftsteller entwickelt – und war unglücklich. Die entstandenen Geschichten gefielen mir nicht, das Schreiben hatte nichts mehr mit mir selbst zu tun. Eine Zeitlang ließ ich fast vollständig die Finger davon, schrieb nur noch, um die Anforderungen der Seminare zu erfüllen. Dann beschloss ich, zur Heimlichkeit zurückzukehren.

Leichter gesagt als getan. Denn, wie ein männlicher, toter und auktorial erzählender Autor schon sagte: »Viele Wege führen zur Erkenntnis, aber keiner führt zurück.« Das Wissen um den Unterschied zwischen einem guten und einem schlechten Satz, oder vielleicht besser: zwischen einem bearbeiteten und einem einfach hingeschriebenen Satz ließ sich nicht mehr verdrängen. Ein immanenter Leser war in mir herangewachsen, und somit war ich beim Schreiben nicht mehr allein.

Die rettende Hand zeigt sich gern in seltsamer Gestalt. In meinem Fall erschien sie als erstes juristisches Staatsexamen. Nach drei Jahren rechtswissenschaftlicher *dolce vita* wurde es Zeit, auf die Tube zu drücken. Einer der wenigen Vorteile juristischer Examina besteht darin, dass man sich bei einem Lernpensum von acht Stunden am Tag und zwei Probeklausuren in der Woche beim besten Willen nicht als Schriftsteller verstehen kann. Ich konnte wieder schreiben, ohne Autorin sein zu müssen. Ich tat es spät in der Nacht und trank einen Tetrapak Rotwein dazu, als Ausgleichssport, um mich abzureagieren, so wie andere Jurastudenten vielleicht auf einen Sandsack einschlugen, Aktenordner aus dem Fenster warfen oder mit ihrer Freundin stritten.

Das, woran ich schrieb, war demzufolge kein Roman, sondern ein Nur-So. Das Nur-So ist eine Textart, die jederzeit gelöscht werden kann. Sie dient keinem Leser, sondern ausschließlich dem Autor. Das Nur-So besteht aus Textfetzen, Szenen, Kurzdialogen, einzelnen Sätzen oder auch kleinen, in sich geschlossenen Episoden. Ein Nur-So kann zu beträchtlicher Länge anwachsen. Die Namen der Figuren können sich zu wiederholen beginnen. Das Geschehen kann sukzessive konsistenter werden, neue Episoden können auf etwas Vorangegangenem aufbauen. Möglicherweise kristallisieren sich innerhalb des Nur-Sos Themenschwerpunkte heraus, Charaktere entstehen, eine Art Handlungsverlauf zeichnet sich ab. Es bleibt trotzdem ein Nur-So. Beim Roman ist die Bestimmung zum Gelesenwerden Teil der Gattungsdefinition. Ich war dabei, Juristin zu werden, was mir nach erfülltem Lernpensum die Lizenz zum Drauflosschreiben einbrachte.

Nachdem ich das Examen bestanden hatte, enthielt das Verzeichnis mit dem Namen »Nur-So« haufenweise Dateien, die ein Textvolumen von mehr als tausend Seiten ergaben. Ich nahm das vom Jura-Examen unterbrochene Studium am Literaturinstitut wieder auf, und weil mir zum Erwerb des Diploms außer Zeit auch noch eine Menge Leistungsscheine fehlte, druckte ich das Nur-So aus, bis der Stapel zwei Finger dick war, und zeigte es Burkhard Spinnen, der gerade als Gastdozent am Literaturinstitut fungierte. Er lachte nicht und verriss mich nicht. Er sagte: »Mach was daraus.« Und stellte einen Schein der Kategorie »Große Projekte« aus. Anscheinend hatten sich meine neuen handwerklichen Fähigkeiten des freien Phantasierens angenommen, ohne dass ich das beabsichtigt hatte. Motiviert durch das Dozentenlob, holte ich den inneren Lektor aus der Schublade. Ich sichtete Material, stellte Reihenfolgen und Zeitebenen her, schrieb Übergänge, bis ich das Nur-So in einen Roman von etwa 400 Seiten verwandelt hatte. *Adler und Engel* wurde zu meinem Debütroman und zur Diplomarbeit für den Abschluss am Institut. Plötzlich war ich Schriftstellerin. Diplomschriftstellerin, um genau zu sein.

Meinen zweiten Roman *Spieltrieb* schrieb ich nach ähnlichem Anti-Konzept, also wieder als ein Nur-So während der Vorbereitung auf das zweite juristische Staatsexamen. In Ermangelung eines dritten juristischen Staatsexamens begann ich eine Dissertation, die aber nicht den gleichen Stress erzeugte wie ein Examen, so dass schnell klar wurde: Ein weiteres Nur-So würde es in absehbarer Zeit nicht geben, zumal ich mich inzwischen für die bequeme Freiberuflerexistenz entschieden und alle juristischen Jobangebote abgelehnt hatte, was bedeutete, dass ich weiterhin bis zwölf Uhr mittags schlafen konnte, dafür aber neuerdings unter dem Zwang stand, vom Schreiben leben zu müssen. Mir blieb nichts anderes übrig als die Flucht nach vorn. Zum ersten Mal im Leben nahm ich mir vor, einen »richtigen« Roman zu schreiben, also einen Text, der von Anfang an dafür bestimmt war, zwischen zwei Buchdeckel gefasst und dem Leser überreicht zu werden. Ich machte mir Gedanken, entwickelte ein Konzept, entwarf Pläne und Skizzen. Ich recherchierte sogar ein bisschen, was beim Schreiben von Nur-Sos völlig ausgeschlossen war, denn wer sich nicht eingestehen darf, einen Roman zu schreiben, kann schlecht dafür recherchieren. Nach einem Jahr hatte ich Vorarbeiten angehäuft, die ihrem Umfang nach dem geplanten Projekt entsprachen. Es ließ sich nicht länger vermeiden, mit dem Schreiben zu beginnen. Prompt geschah, was ich die ganze Zeit befürchtet hatte. Da war kein freier Erzählfluss, kein Film im Kopf. Es gab nur noch mich und mein Wollen, das jeder Form von Machen im Weg stand.

Bloßer Disziplin ist es zu verdanken, dass der Roman

Schilf drei Jahre und drei komplette Neuschriften später doch noch fertig wurde. Die grausame Depression, das Gefühl, hilflos neben der versiegten Quelle meines Schreibens zu sitzen, werde ich so schnell nicht vergessen. Nie wieder! Nie wieder schreibe ich einen Roman. Stattdessen schreibe ich Poetikdozenturen, die so anstrengend sind, dass ich mir danach noch ein bisschen Ausgleichssport mit Papier und Stift erlauben darf.

Warum ich das alles erzähle? Nur so. Mit deiner Frage hat das natürlich nicht das Geringste zu tun. Liest du noch oder scrollst du schon? Vermutlich Letzteres, weshalb ich bereits seit fünf Seiten das Gefühl genieße, in der Schreib-Raum-Zeit allein zu sein. Wobei es ab jetzt vielleicht doch wieder interessanter für dich wird.

Da ich nach dem Studium noch zweimal als Gastdozentin ans Literaturinstitut zurückgekehrt bin, konnte ich in einem Zeitraum von mehr als zehn Jahren beobachten, wie sich die Nachwuchsschriftsteller in Leipzig verändern. Das Selbstverständnis der jungen Autoren hat eine so weitreichende Revolution durchlaufen, dass ich mich bis heute wundere, wo die feuilletonistische oder gar germanistische Auseinandersetzung mit diesem Phänomen bleibt. Ob man die Popliteratur der Neunzigerjahre mit Vertretern wie Stuckrad-Barre oder Judith Hermann mochte oder nicht – dieser Strömung ist es zu verdanken, dass junge Autoren in den Fokus der Verlage gerückt sind. Inzwischen ist es normal geworden, dass in den Verlagsprogrammen jedes Jahr Debütanten erscheinen, nicht nur *obwohl*, sondern *weil* sie Anfang zwanzig oder auch erst sechzehn und womöglich noch weiblich sind. Viele junge Autoren sind heute Profis, noch bevor ihr erster Roman erscheint. Manch einem scheint nicht einmal ganz klar zu sein, dass man einen Roman verfassen muss, bevor man ihn veröffentlichen kann.

Und hier kommt das Problem: Mit dieser Haltung werden sie dir – wenigstens einige – in Leipzig gegenübersitzen. Sie werden achtzehn oder neunzehn Jahre alt sein und dich mit erwartungsvoll glänzenden Augen ansehen. Um am Institut aufgenommen zu werden, haben sie ein paar hundert Konkurrenten aus dem Feld geschlagen. Sie sind überzeugt, in spätestens drei Jahren ihr erstes Buch auf dem Markt zu haben. Du bist derjenige, der dafür sorgen soll, dass es so kommt. Zu allem Überfluss hat die Bologna-Reform, die unser Universitätswesen in eine Art Ausbildungs-Bootcamp verwandelt, auch vor künstlerischen Studiengängen nicht Halt gemacht. Bei meinem zweiten Lehrauftrag am Literaturinstitut nervten mich die Studenten so lange mit der Frage, was die credit-relevanten Leistungsanforderungen der von mir angebotenen Veranstaltungen seien, bis ich einer Studentin auftrug, zehn Minuten auf einem Bein zu stehen, wofür sie sämtliche benötigte Credits erhalten würde, wenn wir danach nur endlich anfangen könnten, über Texte zu reden.

Die Arbeit an einer Schreibschule funktioniert nur auf einem einzigen Weg: durch ein möglichst vielstimmiges Gespräch über Texte im Werkstattstadium. Das

Seminar bildet ein Labor, in dem die Überwindung der Peinlichkeit anhand einer stark reduzierten Öffentlichkeit eingeübt werden kann. Der Dozent übernimmt dabei vor allem die Rolle eines Moderators, der Fragen stellt, um die Unterhaltung in Gang zu bringen. Seine persönliche Meinung zum jeweiligen Text ist nur eine von vielen. Als Autor lernt man auf diese Weise, Distanz zum eigenen Text zu entwickeln, denn auch die eigene Meinung über das Geschriebene ist nur eine von vielen. Viele Meinungen gibt es aber nur, wenn alle mitmachen. Man kann vielleicht nicht schreiben lernen, durchaus aber *etwas über* das Schreiben lernen – allerdings nicht im Wege des Frontalunterrichts. Als Schriftsteller hat man nichts zu unterrichten. Wenn zwanzig glänzende Augenpaare erwartungsvoll und stumm auf einen gerichtet bleiben, geht man unter. *Ich* bin untergegangen. Es gab plötzlich nichts mehr, was ich diesen ehrgeizigen jungen Menschen hätte sagen können.

Überleg einfach, ob du Zeit hast, Geld brauchst und es besser machen willst als ich. Wenn es gelingt, ist es beglückend. Wenn nicht, sitzt du drei Monate lang mit Frustbeulen im ICE von Berlin nach Leipzig und zurück.

Gruß, J.

Liebe Abfallberatung des Landkreises Mittelbrandmark,

Papier stellt einen Wertstoff dar. Deshalb kostet die Entsorgung nichts. Daraus ergibt sich für mich eine einfache Frage: Warum zum Teufel wollen Sie mir keine zweite blaue Tonne geben? Nach Ihren eigenen Angaben würden durch eine weitere Tonne keine Kosten entstehen, im Gegenteil, Sie verdienen ja am Altpapier.

Warum also nicht? Weil ich keinen Gewerbeschein besitze? Was hat das miteinander zu tun? Ist das gerecht? Ist das logisch? Ergibt das irgendeinen Sinn? Bedeutet »Abfallberatung«, dass Sie Menschen beraten, die vom Glauben abfallen möchten?

»Abfallberatung Brandenburg, guten Tag, für religiösen Fanatismus drücken Sie bitte die 1, Separatisten und Freiheitskämpfer wählen die 2, Abfallberatung für Restkommunisten erhalten Sie unter der 3, Politikverdrossenheit, Demokratiekritik und Europaskepsis unter der 4, für alle weiteren Fragen wählen Sie 5.«

Ich versichere Ihnen, gern auch eidesstattlich: Vom Glauben bin ich längst abgefallen. Ich habe Logik, Gerechtigkeit und Sinn als menschliche Bedürfnisse erkannt, denen niemals ein realer Zustand entsprechen wird. Ich bin Atheistin, Skeptizistin, manchmal Solipsistin. Ich weiß um die Absurdität des Daseins. Ich habe Kafka, Camus, Sartre und Beckett gelesen, sogar ein bisschen Heidegger, Jaspers und Kierkegaard. Ich brauche keine Abfallberatung. Auch keine Nachhilfe in Weltschmerz. Sondern nur eine zweite blaue Tonne. Bitte.

MfG, Zeh

Sehr geehrter Herr D.,

Ihre Einladung an das Ernst-Bloch-Gymnasium im schönen Bad G. hat mich über den Verlag erreicht. Ich finde es großartig, dass meine Bücher an deutschen Schulen besprochen werden. Es stört mich nicht einmal, Gegenstand einer Abituraufgabe zu sein; im Gegenteil bin ich stolz darauf. Trotzdem möchte ich Sie nachträglich auffordern, Ihre Einladung zu einer Schullesung nebst Schüler-Autoren-Gespräch zurückzuziehen. Autoren im Unterricht zu besprechen ist etwas anderes, als Autoren im Unterricht sprechen zu lassen. Die Gefahr, die Ihnen aus Letzterem droht, liegt in der Natur Ihres Berufs begründet.

Sie, respektive das real existierende deutsche Deutschlehrertum, respektive der real existierende deutsche Deutschunterricht, respektive der sich – glücklicherweise! – als Literaturvermittlung begreifende deutsche Deutschunterricht der Sekundarstufe Zwei zeichnet für die Erfindung eines parapsychologischen Phänomens verantwortlich, das man »Autorenintention« nennt. Die Autorenintention wird, und das ist das Parapsychologische daran, nicht vom Autor, sondern vom Deutschlehrer hervorgebracht. Dreh- und Angelpunkt ist die Gretchenfrage folgenden Wortlauts, Achtung, Herr D., Kunstpause, in die Runde gucken, Luft holen, etwas zu viel Luft für einen so kurzen Fragesatz, und dann: »Was will uns der Autor damit sagen?«

Die Frage beinhaltet die Grundpfeiler eines literarischen Weltbilds, das den Deutschkurs längst verlassen, die Germanistik erobert oder vielleicht sogar hervorgebracht hat und sich immer weiter ausbreitet wie der süße Brei im Grimmschen Märchen. Schauen wir uns diese Grundpfeiler kurz an.

WAS: Das ist aus Deutschlehrersicht der Inhalt, die konkrete, unverwechselbare, mit Händen zu greifende, mit Fingern zu zeigende, benennbare, diskutierbare Substanz eines Textes. WAS ist Et-WAS. Das Etwas nämlich, das der Autor zu sagen hat.

WILL: Das ist die der Schreibentscheidung vorangehende Überzeugung des Autors, mit einem substanziell greifbaren Inhalt, also dem WAS, mittels geschriebener Sprache an eine Außenwelt herantreten zu müssen. »Alles ist Wille« lautet eins meiner Lieblingszitate unbekannten Urhebers, als Graffiti quer über eine Straße auf Lanzarote gesprüht, und da »alles« auch das literarische Schreiben umfasst, können wir deduzieren: Literatur ist Wille, jedenfalls die deutsche Literatur, was auch sonst.

Was will DER AUTOR: Also jenes mit Händen greifbare, mit Fingern zeigbare Subjekt, welches hinter dem Text, aber vor dem Computer, gleichzeitig auf dem Stuhl und am Tisch und im Arbeitszimmer sitzt, während es Et-WAS WILL.

Was will der Autor UNS: UNS – mein Lieblingsbestandteil meiner Lieblingsfrage –, also das WIR, dem der Autor etwas sagen will. WIR ist die Gesamtsumme der nicht-Autor-seienden Textkenner, denen das Autor-Subjekt als Einzelnes gegenübersteht. Ein Du-Punkt vor dem Wir-Kreis, für immer aus der großen glücklichen WIR-Gemeinschaft verbannt. Verurteilt zum Du, zum sprechenden Du, zum nicht-zu-sich-selbst-sondern-immer-zu-uns-sprechenden Du. Existenziell einsam sitzt der Autor am Schreibtisch. Ihm gegenüber die Leserschaft als unüberschaubare Herde von Schäfchen, die auf die nächste Predigt warten. Ein schockierendes Bild: der Autor als Ausgestoßener, als Vogelfreier, kein schwarzes Schaf, sondern ein Nicht-Schaf. Interessanterweise tut es manchmal mehr weh, wenn etwas *nicht* trifft.

Was will der Autor uns DAMIT: DAMIT bezeichnet das Text-Dings. DAMIT ist eine Handbewegung in Richtung all der zerfledderten und doch nur halb gelesenen Taschenbuchausgaben, die auf den Schülerpulten liegen. DAMIT meint das Ergebnis von AUTOR plus WILL. Dieses irgendwie Roman oder Gedicht jedenfalls Literatur also Text also Sprache also Gegenstand der Deutschstunde Seiende: DAMIT eben.

Mit dem Damit will der Autor uns etwas SAGEN. Nicht fabulieren, phantasieren, spintisieren oder einfach erzählen. Er will nicht einmal anregen oder inspirieren – er will SAGEN. Und zwar WAS, und zwar UNS.

Das, lieber Herr D., ist Ihr literarisches Weltbild. Jedes Mal, wenn Sie die Frage stellen, bringen Sie als Kollateralschaden ein Stück Autorenintention hervor. Aus meinem eigenen Deutschunterricht erinnere ich eine Art Graphik, die der Lehrer eines Tages an die Tafel zeichnete. Links stand »Sender«, rechts »Empfänger«, dazwischen befand sich ein Pfeil, dessen Spitze drohend auf den Empfänger zeigte.

Heute bohrt sich dieser Pfeil mitten durch mein Autorenherz. Die Vorstellung, ich könnte als »Sender« Geschosse auf einen wehrlosen »Empfänger« abschießen und das Ganze sei dann Literatur, führt zum sofortigen Wunsch nach Kapitulation. Hissen der weißen Flagge. Einstellen der Kampfhandlungen. Dann Überlaufen zur Seite der Empfänger. Antrag auf Einbürgerung ins »UNS«. Mit anderen Worten: Schreibkrise.

Das alles, lieber Herr D., ist überhaupt nicht Ihre Schuld. Sondern Schuld des Lehrplans. In allen Fächern gibt es ein Unterrichtsziel, das am Ende der Stunde erreicht sein muss. Ein messbares Ergebnis. In Mathe, Biologie und vielleicht sogar Geschichte mag das leicht zu definieren sein. Aber in Bezug auf Literatur? Um Bewertungsmaßstäbe zu generieren, braucht man etwas Feststehendes, Messbares. Das ist dann die Autorenintention. Die denken Sie sich vor der Stunde aus, oder besser gesagt, Sie entnehmen sie den Unterrichtsmaterialien zum Thema Goethe, Schiller & Co. Dieses Ergebnis muss die Klasse dann im Zuge eines diskussionsoffenen Ratespiels herausfinden.

Die Rechtswissenschaft funktioniert ganz ähnlich. Was Sie Textinterpretation nennen, heißt bei den Juristen Gesetzesauslegung und stellt den Kern aller juristischen Tätigkeit dar. Auch der Jurist überlegt sich vor Beginn der Anamnese, welches Ergebnis ihm am liebsten wäre, und probiert dann verschiedene Auslegungsmethoden, um herauszufinden, mit welcher er dem Ziel am nächsten kommt. Es gibt vier juristische Interpretationspraktiken, mit denen ergründet wird, was uns der Gesetzgeber *damit*, also mit einem bestimmten Paragraphen *sagen will*: grammatische, systematische, teleologische und historische Auslegung. Übersetzt in die Sprache des Deutschunterrichts bedeutet grammatisch: »Was steht da?«, systematisch: »Was stand im Kapitel davor?«, teleologisch: »Was hätten wir gern, das da steht?«, und historisch: »War der Autor vielleicht homosexuell?«

Lassen Sie uns dieser Analogie eine Erkenntnis entnehmen. Stellen wir uns vor, die Deutschstunde wäre ein Gerichtssaal. Das Unterrichtsziel ist der zu erreichende Schuldspruch, die Schüler sind die Schöffen und Sie, Herr D., sind der Staatsanwalt. Sie haben frohgemut die Gesetzesauslegung durchgeführt, Sie kennen das Ergebnis, auf das Sie hinaus wollen, und wissen, wie Sie die Schöffen dorthin bringen werden.

Nun sind Sie aber ein besonders guter und netter Staatsanwalt und denken sich deshalb: »Warum laden wir nicht einfach den Urheber des relevanten Textes zur Verhandlung ein? Das ist authentisch und wird den Schöffen helfen, die Bedeutung des Falls zu verstehen.« Sie laden den Gesetzgeber ein. Also den Deutschen Bundestag. Das Parlament soll kommen und erklären, was es uns damit sagen wollte. Mit dem Gesetzestext nämlich.

Beginnen Sie zu ahnen, dass an der Einladungsidee etwas faul ist? Nehmen wir an, das Parlament kommt. Im eigens zu diesem Zweck baulich erweiterten Gerichtssaal stehen 620 Abgeordnete und sollen erklären, was sie uns mit folgendem Satz sagen wollten: »Wer eine fremde bewegliche Sache einem anderen in der Absicht wegnimmt, die Sache sich oder einem Dritten rechtswidrig zuzueignen, wird mit Freiheitsstrafe bis zu fünf Jahren oder mit Geldstrafe bestraft.«

Was ist fremd? Was ist beweglich? Was ist eine Sache? Was heißt Zueignung, und wann ist diese rechtswidrig?

Was, lieber Herr D., würden die 620 Abgeordneten antworten?

Sie würden wild durcheinanderreden. Manche würden schweigen. Den Kopf schütteln. Oder »Keine Ahnung!« rufen. Einer würde umständlich erklären, warum es zur Gewaltenteilung gehört, dass die eine Instanz die Gesetze erlässt und eine zweite sie anwendet. Ein anderer würde lauthals davon faseln, dass die

Kriminalität in Deutschland dringend gesenkt werden müsse, ganz unabhängig von kleinteiliger buchstabenversessener Korinthenkackerei. Die Juristen unter den Abgeordneten würden ihre vier Auslegungsregeln herausholen und zu dem Ergebnis kommen, dass Zueignungsabsicht vorliegt, wenn der Täter einerseits die Sache in der Absicht wegnimmt, sie unter Anmaßung einer eigentümerähnlichen Stellung zumindest vorübergehend der eigenen Vermögenssphäre oder der eines Dritten einzuverleiben und er es dabei andererseits zumindest für möglich hält, dass die Sache der Verfügungsgewalt des Berechtigten dauerhaft entzogen wird. Wieder andere würden sich darauf berufen, dass sie bei der letzten Strafrechtsreform noch nicht im Bundestag saßen oder an dem Tag gerade nicht da waren oder der Opposition angehören und dagegen gestimmt haben, weshalb am besten sofort eine Kleine Anfrage an die Regierungsvertreter zu richten sei, des Inhalts, was die Angehörigen der Mehrheitsfraktionen uns wohl damit sagen wollten.

Um die Sache zu beschleunigen, würden Sie, lieber Herr D., das tun, was Sie im Referendariat gelernt haben, nämlich Ihr Unterrichtsziel in Form einer Suggestivfrage einbringen: »Aber könnte man nicht sagen, dass Sie sich durch die Verwendung des Begriffs ›Freiheitsstrafe‹ auf einen Brief Schillers vom 13. Juli 1793 an Herzog Friedrich Christian von Augustenburg beziehen, in dem Schillers Enttäuschung über die barbarischen Auswüchse der Französischen Revolution zum Ausdruck kommt, er also die Gewalt der Freiheit erkennt und sich für einen Moment von seinen Freiheitsidealen abzuwenden scheint?«

Daraufhin aber, mein lieber, armer Herr D., bricht das helle Chaos los. Jetzt schreien die Abgeordneten wild durcheinander. Die Regierung distanziert sich vorsorglich von sämtlichen Äußerungen der letzten vier Jahre. Die Opposition verlangt die Einsetzung eines Untersuchungsausschusses, um überprüfen zu lassen, was Schiller mit § 242 des Strafgesetzbuchs zu tun hat und ob da Gelder geflossen sind. Vierzig Abgeordnete tun sich zusammen und kündigen eine Klage vor dem Bundesverfassungsgericht an, wenn sich herausstellen sollte, dass § 242 freiheitsfeindliche Elemente enthält und diese der Regierung bekannt waren. Mehrere Angehörige der Linkspartei verlassen unter Protest den Saal. Einige Schöffen nutzen den Aufruhr, um ebenfalls zu verschwinden. Vier Stunden später wären die Abgeordneten immer noch nicht fertig, und Sie, lieber Herr D., säßen gebeugt an Ihrem Pult und weinten.

Herr D., hören Sie jetzt gut zu: Diese 620 Abgeordneten sitzen in meinem Kopf. Es sind die 620 an jeder literarischen Produktion beteiligten Stimmen. Der Text, also das DAMIT, ist Ergebnis eines komplizierten, manchmal über Jahre andauernden demokratischen Prozesses zwischen 620 Beteiligten. Wenn Sie mich als Kronzeugin des Unterrichtsziels in Ihre Klasse einladen, um mich dort zu fragen, was ich Ihnen und den Schülern *damit* sagen wollte, fangen die 620 Abgeordneten in meinem Kopf in heller Aufregung an zu plappern. Was ich antworte, hängt davon ab, wer gerade am lautesten schreit. Ihrem Unterrichtsziel wird die Antwort mit einer Wahrscheinlichkeit von nahezu hundert Prozent *nicht* entsprechen. Ihre Suggestivfragen werden wütende Proteste und mehrere Verfassungsklagen in mir auslösen, was die Stimmung endgültig verdirbt. Am Ende werden Sie vor den Schülern wie ein Idiot dastehen. Sie werden mich hassen. Sie werden zutiefst und leidenschaftlich verstehen, warum die Germanistik in ihrer unendlichen Weisheit einst beschloss, sich nur toten Autoren zuzuwenden. Tote Autoren widersprechen nicht. Sie können die Frage, was sie uns damit sagen wollten, nicht mehr beantworten. Außerdem gibt es über tote Autoren viel umfangreichere Unterrichtsmaterialien, was die Vorbereitung des Unterrichtsziels erheblich erleichtert.

Lieber Herr D., so wie Autoren für fiktive Leser schreiben, so lesen Leser die Bücher fiktiver Autoren. Das ist ein Zaubertrick. Ein Wunder. Es ist schön. Entwickeln Sie weiterhin Autorenintentionen. Aber tun Sie es ohne den Autor. Erinnern Sie sich an den Grundsatz der Gewaltenteilung. Laden Sie mich nicht ein. Sollte ich uneingeladen erscheinen, verriegeln Sie die Tür und verteilen Ohropax an die Schüler. Wenn die Antwort auf die Frage nach dem Sinn des Lebens »42« lautet, dann lautet die Antwort auf die Frage nach dem, was der Autor uns damit sagen will, »620«.

Sollte es allerdings genau das sein, was die Schüler bei Ihnen lernen dürfen, komme ich gern vorbei. Vorausgesetzt, Sie können mich bezahlen.

Viele Grüße, auch im Auftrag des
Deutschen Bundestags,
Dr. Juli Zeh

Liebe Sonntags-TAZ,

danke für Ihre Einladung zur Teilnahme an der Pro-und-Contra-Rubrik vom nächsten Wochenende. Ihre Frage »Kann man Bücher eigentlich wegwerfen?« beantworte ich gern.

Nein, man kann Bücher auf gar keinen Fall wegwerfen. Weil kein Platz in der verdammten blauen Tonne ist.

Herzlich,
Juli Zeh

3

Alter Schwede,

bin soeben der Frankfurter Buchmesse entflohen und auf dem Rückweg nach Berlin. Die Deutsche Bahn hat anscheinend ein neues Marketing-Konzept, welches vorsieht, die erste Verspätung von mindestens 45 Minuten unmittelbar nach Abfahrt des Zuges anzukündigen. Vielleicht soll das authentisch wirken. Oder es suggeriert dem Kunden, es könne nicht mehr schlimmer kommen, was erfahrene Bahnfahrer jedoch besser wissen. Der Zug ist jedenfalls proppenvoll, die allgemeine Laune sinkt mit dem Ansteigen der Lufttemperatur. Nur ich bin guter Dinge, weil ich die Messe hinter mir habe und nach Hause darf. Obwohl es diesmal gar nicht so schlimm war. Der neue Pressebeauftragte des Verlags ist ein Genie. Er hat daran gedacht, zwischen den Terminen ausreichend Zeit für die Wege von Messehalle zu Messehalle einzuplanen, so dass ich kein einziges Mal rennen musste, um danach verschwitzt und nach Luft japsend vor einer Fernsehkamera zu landen. Zwischen den Interviews hatte ich sogar noch Zeit, Rainald Goetz dabei zuzuschauen, wie er sich mit der Kraftanstrengung eines Leistungssportlers als freundlicher Autist präsentiert. Die Zerrissenheit zwischen Rampensau und Bühnenphobiker bringt er mit ungeheurer Virtuosität. Wir applaudierten ihm lange und gerührt. Danach durchlebte ich eine jener Spontandepressionen, die mich regelmäßig ereilen, wenn ich Autoren wie Rainald Goetz beim Freak-Sein zuschaue oder im Internet lese, dass Christian Kracht in »Florenz und Afrika« lebt, oder wenn ich im Radio höre, wo sich Christoph Ransmayr schon wieder herumgetrieben hat. Ich bin verheiratet, habe ein Kind und lebe auf dem Land. Ich versuche, so viel wie möglich zu Hause zu sein, und fühle mich am wohlsten, wenn es mir eine knappe Woche lang gelingt, einen geregelten Tagesablauf aufrechtzuerhalten. Depression ist ein tiefes Erschrecken vor der eigenen Langweiligkeit. Ich muss mir dann sagen, dass viele Autoren, die ich gerne lese, mindestens genauso langweilig sind oder waren wie ich. Dass gute Bücher also nichts mit einem aufregenden Leben zu tun haben und dass Intensität nicht unbedingt aus dem Spektakulären entsteht. Manchmal sogar im Gegenteil. Das wiederhole ich so lange, bis das Erschrecken nachlässt und die Spontandepression ihren Griff lockert. Unfassbar, wie stark man von der Eventgesellschaft infiziert ist, so sehr man sich auch dagegen zu wehren versucht.

Aber ich will dir etwas anderes berichten. Heute Morgen habe ich auf dem Weg zur Messe in der U-Bahn unseren Chronisten gesehen. Genauer gesagt: eine

Chronistin. Eine auffällige Erscheinung; ich habe sie sofort erkannt. Dass sie eine Frau war, hat mich nicht überrascht. In den letzten Tagen habe ich auf die Frage, warum ich immer aus der Sicht von Männern erzähle, wieder mal einen Haufen Lügen erfunden. Dass crossgeschlechtliche Perspektiven die notwendige Distanz zwischen Autor und Erzählfigur garantierten. Dass mich das fremde Geschlecht vor einer Überidentifikation mit dem Ich-Erzähler bewahre und es mir leichter mache, mich in meine Hauptfigur zu verlieben. Nach einer Lesung fragte ein Mann im Publikum, ob sich Männer vielleicht aufgrund ihres schlichten Gemüts einfach besser zu Ich-Erzählern eigneten. Auch dazu sagte ich »ja«, was mir die fröhliche Zustimmung des weiblichen Publikumsteils einbrachte.

Die Wahrheit ist, dass ich nicht weiß, warum mir weibliche Ich-Erzähler nicht gelingen. Eine Chronistin habe ich allerdings auch noch nie probiert. Überhaupt gibt es wenig weibliche Chronisten in der Literatur. Akut kommt mir keine einzige in den Sinn. Kein Wunder, dass mir in der U-Bahn eine vor die Flinte geriet. Sie müssen massenhaft herumlaufen, von der Autorenschaft weitgehend unbehelligt.

Also werde ich es noch einmal mit einer Frau versuchen. Ein wenig kommt mir das vor, als sollte ich mich auf meine alten Tage noch auf eine lesbische Beziehung einlassen. Aber ich neige eben dazu, Dinge zu tun, die mir widerstreben – Jura studieren, aufs Land ziehen, heiraten, Kinder kriegen –, und im Nachhinein stellen sich diese Entscheidungen als Glücksfälle heraus. Wenn ich nicht gerade unter Spontandepressionen leide.

Als ich in der U-Bahn heute früh dieses Wesen sah, wurde mir schlagartig klar: wenn schon Frau, dann schön. Abartig schön, um genau zu sein. Sie stieg ein, unsere Blicke trafen sich, sie zögerte, leicht verunsichert, sie hatte das Erkennen in meinen Augen gesehen und überlegte einen Moment, ob sie mich grüßen musste. Dann begriff sie, weil ich sie immer noch unverwandt anstarrte, dass mein »Erkennen« eher biblischer Natur war, also auf Begehren basierte, und ergriff instinktiv die Flucht. Meine Phantasie warf ihr einen Namen hinterher, in dem sie sich wie in einem Netz verfing: »Alice« – denn so hatte das WLAN-Netz geheißen, in das ich mich beim Frühstück einwählte, wenn auch mit Trampelbetonung auf der ersten Silbe.

Im Lauf des Messetags hielt ich mich bei Laune, indem ich heimlich an Alice herumkaute. Ich schenkte ihr die Wohnung des Frankfurter Freunds, auf dessen Couch ich übernachtet hatte, und transportierte Frau und Wohnung nach Berlin. Binnen kürzester Zeit war Alice von einer nebligen Aura aus Einfällen umgeben, ein sicheres Zeichen dafür, dass sie eine Zukunft besaß. Weil ich sie bereits sprechen höre, will ich sie dir kurz vorstellen. Alice neigt zur Leseransprache, was möglicherweise daher kommt, dass ich beim Treideln an dich denke. Sie schreibt an dich und siezt dich, weil ihr euch noch nicht kennt. Ziemlich ungewohntes Terrain für mich, die ich beim Schreiben normalerweise nur nach innen schaue und den Gedanken an mögliche Leser mit Gewalt ausblenden muss, um nicht ins Stocken zu geraten.

»Wahrscheinlich werden Sie glauben, sofort alles über mich zu wissen, wenn ich Ihnen sage, dass ich schön bin. Führen wir einen Versuch durch. Ich werde mich beschreiben, und Sie werden dem kleinen Filmprojektor in Ihrem Kopf erlauben, mich Bild für Bild an die innere Wand zu werfen.

31 Jahre, also jung, ohne unreif zu sein. 1,75 m, also groß, ohne Männern Angst einzujagen. 65 Kilo, also schlank, ohne dürr zu wirken. BH-Größe 85 C, da brauchen Sie keine näheren Erklärungen. Ein Körper, der Gardemaßen entspricht, wäre an sich nichts Besonderes. Aber jetzt stellen Sie sich meine Haare vor. Lange, kräftige Korkenzieherlocken, wie man sie vielleicht bei einer Brasilianerin erwarten würde – in meinem Fall aber in blond. Keine Ahnung, wem ich diesen Bewuchs verdanke. Niemand in meiner Familie hat solche Haare. Ich entstamme einer Dynastie aus straßenköterfarbenen, spaghettihaarigen, früh ergrauenden Frauen und Männern, deren Geheimratsecken schon in jungen Jahren darauf drängen, sich oben auf dem Kopf zur Stirnglatze zu vereinen. Aus gegebenem Anlass habe ich mich viel mit Schönheit beschäftigt und kann Ihnen sagen: Haare und Zähne. Alles andere kann zur Not als apart gelten, aber schlechte Zähne und stumpfes Haar verzeiht das Auge des Betrachters nicht.

Natürlich spielt auch die innere Einstellung eine

Rolle. Mit fünfzehn saß ich, überzogen von einer Schicht feinster Babyhaut, zwischen meinen von Akne gefolterten Klassenkameraden. Wer eine so perfekte Außenhülle besitzt, muss nicht den Fehler begehen, Sport zu treiben, sich gesund zu ernähren oder gar Brust, Bauch und Po mit Diäten zu bekämpfen. Stattdessen achtete ich darauf, viel zu schlafen und mich wenig aufzuregen.

Den Tag, an dem ich begann, für meine Schönheit zu arbeiten, kann ich genau beziffern. Es war der 24. August 2003, eine Woche nach meinem 21. Geburtstag. Vielleicht glauben Sie, eine schöne Frau habe es nicht nötig, täglich drei Stunden im Badezimmer zu verbringen. Das habe ich auch geglaubt, aber es ist falsch. Ein fataler Irrtum.

Lange Zeit haben mir die Menschen das Leben schwer gemacht, ohne dass ich verstanden hätte, warum. Ich wollte nichts Besonderes sein. Ich schminkte mich nicht, band meine Haare mit einem Tuch zusammen und ging in Turnschuhen auf die Straße. Meine Lockerheit verstanden Frauen als Arroganz und Männer als Einladung. Während der weibliche Teil der Welt mir die kalte Schulter zeigte, sprach mir der männliche Unflätigkeiten ins Gesicht. Regelmäßig verließ ich Partys vor zehn, die U-Bahn vor meinem eigentlichen Ziel oder den Hörsaal der Universität, bevor die Vorlesung begonnen hatte. Mit gesenktem Kopf und hochgezogenen Schultern ging ich nach Hause, manchmal den Tränen nah, weil ich die Ablehnung nicht verstand, die mir überall entgegenschlug. Mein Bemühen, möglichst nett, natürlich, normal zu sein, machte es schlimmer. Die Menschen verhielten sich aggressiv, als hätte ich sie beleidigt, oder besser: als wäre ich eine Beleidigung. Inzwischen weiß ich, dass sie mein unbehandeltes Äußeres, also die Abwesenheit von Verkleidung, als Verkleidung missverstanden. Sie glaubten, ich entstammte einer anderen Art und versuchte, mich inkognito bei ihnen einzuschleichen. Oder ich wollte sie verhöhnen, indem ich mich anstrengte, ihnen ähnlich zu sein.

Am 24. August 2003, eine Woche nach meinem 21. Geburtstag, trat ich einen Studentenjob bei PricewaterhouseCoopers an. Um beim neuen Arbeitgeber einen adäquaten Eindruck zu machen, hatte ich Schuhe mit Absätzen, Haarspülung, Parfüm und ein Business-Kostüm gekauft. In der Sekunde, als ich angetan mit meiner neuen Ausrüstung aus dem Haus trat, veränderte sich die Welt. Die Menschen hielten Abstand. Senkten den Blick. Ich trug das Kinn höher und machte energische Schritte. In der U-Bahn bat mich ein Herr um Erlaubnis, bevor er sich auf den freien Platz mir gegenüber setzte. Danach schaute er die ganze Fahrt aus dem Fenster, wo es nur den U-Bahn-Tunnel, also nichts zu sehen gab. Auf dem Weg durch das Firmengebäude von PwC hielten mir Männer die Türen auf. Ich bedankte mich nicht. *Sie* hatten sich zu bedanken, und das wussten sie. Mein neuer Arbeitgeber stand auf, als ich den Raum betrat. Respektvoll wies er mich in meine Aufgaben ein. Ich war kaum in der Lage, ihm zuzuhören. Ich war vollauf damit beschäftigt, vor Erkenntnis zu strahlen.

Die Erträge meines Studentenjobs investierte ich vollständig in die Aufrüstung von Bad und Kleiderschrank. Ich betrat Drogerien, wie Männer Baumärkte betreten. Es galt, etwas zu erschaffen. Etwas, das »ich« hieß und von Fremden »Alice« genannt wurde.

Seit diesem Tag sage ich »Werkstatt«, wenn ich mein Badezimmer meine.

Jetzt haben Sie ein Bild von mir und wissen dennoch nichts über mich. Vielleicht halten Sie mich für gestört, weil ich über mein Äußeres wie über einen Gegenstand spreche. Aber es *ist* ein Gegenstand. Produkt eines genetischen Zufalls, domestiziert durch viele Arbeitsstunden. Wahre Schönheit kommt nicht von innen. Schönheit hat weder mit Wahrheit noch mit dem Inneren irgendetwas zu tun. Schönheit ist eine Waffe, an der man sich selbst die Hände zerschneidet, wenn man sie nicht zu führen versteht.

Ich wünschte, ich könnte mich beschreiben, wie ich bin, und nicht, wie ich aussehe. Aber dazu bräuchte es einen Schriftsteller, während ich nur Unternehmensberaterin bin. Dafür habe ich die Möglichkeit, einen Schriftsteller kennen zu lernen. Ich kann jeden Mann kennen lernen, im Normalfall reicht es aus, mich in die Nähe zu stellen. Den richtigen Schriftsteller habe ich mir im Internet ausgesucht. Seinetwegen habe ich mich nach Berlin versetzen lassen und eine Wohnung gemietet – obwohl ich ihm noch nie begegnet bin. Warum die

Wahl auf ihn gefallen ist und was ich von ihm will, ist eine Geschichte, die ich erzählen werde. Aller Wahrscheinlichkeit nach ihm selbst.«

Lieber Schwede, komm jetzt nicht auf die Idee, mir zu erklären, was an Alice alles nicht funktioniert. Ich sitze noch immer im ICE, nach einem spontanen Notumstieg in Göttingen sogar mit der Aussicht, Berlin noch in diesem Monat zu erreichen, auch wenn neben polizeilichen Ermittlungen und dem üblichen Personenschaden noch ein paar Signalstörungen und Triebwerkschäden aufgerufen wurden, um der Mischung aus Messe-Abreise und Wochenend-Pendel-Verkehr so richtig einzuheizen. Es ist nicht ganz leicht, sich zwischen schimpfenden Passagieren zu konzentrieren. So oder so wäre Alice in diesem Stadium noch roh. Ich habe schnell getippt, um sie dingfest zu machen. Ich weiß noch nicht einmal, wie Treidel sie finden würde. Aller Wahrscheinlichkeit nach fände er sie schön.

Juliette

Liebe Frau Liebhardt,

mit Vergnügen nehme ich Stellung zu meiner Umsatzsteuervoranmeldung für den Monat September. Es ist überhaupt meine Lieblingsbeschäftigung, allmonatlich mithilfe von Schnellheftern, Büroklammern, Post-it-Zettelchen und Klarsichtfolie einen bürokratischen Klon meiner selbst hervorzubringen. Das fordert die erbsenzählerischen Talente der Juristin heraus und entspricht gleichzeitig der schriftstellerischen Liebe zu kafkaesker Absurdität.

Bei meiner Lesung in W. hätte es sich tatsächlich um einen gewöhnlichen künstlerischen Vortrag, also eine Veranstaltung mit 19 Prozent Mehrwertsteuerpflicht, gehandelt, wenn nicht gleichzeitig ein Mitschnitt durch einen öffentlich-rechtlichen Sender erfolgt wäre, der die Mehrwertsteuerpflicht auf 7 Prozent reduziert. Der Pkw der Marke Audi ist auf meinen Mann zugelassen, wird aber gelegentlich auch von mir benutzt, um zu Interviewterminen zu fahren, weil mein eigenes Auto keine grüne Plakette bekommen hat und sich deshalb von den Zentren deutscher Großstädte, wo Interviews meistens stattfinden, fernhalten muss. Bei der Scheckeinreichung vom 28. September 2012 handelt es sich um eine Ausschüttung der VG Wort. Einen Beleg für den Erwerb des Romans *Lancelot* von Walker Percy zum Preis von 34 Cent kann ich mangels der Existenz eines solchen leider nicht einreichen, da es, wie ich ja schon einige Male erklärt habe, beim Kauf von antiquarischen Büchern auf amazon marketplace häufig keine Belege gibt. Die Originaltaxiquittung der Fahrt vom Hauptbahnhof in K. zum WDR-Studio kann ich ebenfalls nicht einreichen, da ich diese an den WDR schicken musste. Auf meinen Hinweis, dass auch meine Steuerberaterin die Originaltaxiquittung für das Finanzamt benötige, da ich sonst die Erstattung der Reisekosten als Einkommen versteuern müsse, ohne die Auslage der Reisekosten im Gegenzug wieder absetzen zu können, erwiderte die zuständige Abteilung des WDR, dass ohne Originaltaxiquittung eine Erstattung durch den WDR sowieso gar nicht erst stattfinden werde, weshalb ich dann auch nichts zu versteuern habe und nichts absetzen müsse, womit der WDR durchaus leben könne. Vor die Wahl zwischen gar keiner Reisekostenerstattung und einer steuerpflichtigen Reisekostenerstattung gestellt, habe ich mich für Letzteres entschieden. Den siebzehn E-Mails umfassenden Schriftverkehr mit dem WDR zu dieser Affäre kann ich den Ermittlungsbehörden zur Verfügung stellen; meiner Verhaftung durch die Steuerfahndung sehe ich traurig, aber gefasst entgegen.

Die Zahlung an Hotspot am 14. September 2012 in Höhe von 4,85 Euro habe ich für die etwa zehnminütige Internetnutzung in irgendeinem halsabschneiderischen Hotel angewiesen, nachdem mich eine Regionalzeitung zehn Mal auf dem Handy angerufen hatte, um mir mitzuteilen, dass die Welt untergehen werde, wenn ich das mir soeben per E-Mail zugesandte Interview nicht vor Redaktionsschluss autorisiere. Wenn das Finanzamt »Hotspot« wirklich für einen Pornotreff halten sollte, dann schlage ich vor, dass Sie selbst bei der Telekom anrufen, um nach einem mehrstündigen Aufenthalt in einer kostenpflichtigen Warteschleife von einer Callcenter-Studentin zu erfahren, dass eine schriftliche

Dokumentation des historischen 4,85-Euro-Geschäfts am Hotspot des B-Hotels in F. leider nicht erstellt werden kann. Die Warteschleifenkosten in Höhe von 143,70 Euro können wir dann ja absetzen und haben auf diese Weise – nach der mir von Ihnen im Lauf der Jahre zähgeduldig vermittelten Steuerlogik – einen Riesengewinn gemacht.

Bei der Abbuchung vom 29. September 2012 in Höhe von 17,80 Euro handelt es sich um den Kauf einer Großpackung Aspirin bei einer Internetapotheke, die ich vermutlich nicht absetzen kann, obwohl ich die Tabletten dringend für meine Buchhaltung brauche.

Freundliche Grüße
Frau Zeh

Holger,

du kennst das Gefühl nicht? Ich dachte, die Peinlichkeit des Schreibens sei etwas Universelles. Jeder, der im Deutschunterricht gezwungen wurde, einen Aufsatz vorzulesen, weiß, wie es sich anfühlt, im Boden versinken zu wollen. Von Lesereisen komme ich mit Schmerzen zurück – eine Art Ganzkörpermuskelkater von der Anstrengung, die Peinlichkeit in Schach zu halten. Ob du es glaubst oder nicht, ich bin für jede Minute meiner

Schriftstellerexistenz dankbar, in der ich meine eigenen Texte nicht öffentlich vorlesen muss. Wenn ich die Rohfassung eines neuen Romans fertig habe und dem Chef zu lesen gebe, verfasse ich Beipackzettel. »Kannst ja mal gucken, ist nur eine Rohfassung, noch sehr unvollständig, gar nicht überarbeitet, also mit Vorsicht und Gnade zu genießen, muss ja auch kein Roman werden, ist mehr ein Versuch. Nur so.« Das Geschriebene wird begleitet von Entschuldigungen für das Geschriebene.

Aber warum? Weil Schreiben einen Blick in den Kopf des Autors erlaubt, mithin intim ist? Sprechen erlaubt den gleichen Blick. Auch beim Sprechen suchen und finden wir Worte, reihen sie aneinander, bemühen uns um Verständlichkeit und Ausdruck, nur eben schneller und ohne Korrekturmöglichkeit – und trotzdem vergehen wir beim Sprechen normalerweise nicht vor Scham. Es liegt also nicht an der Sprache, sondern an der Niederschrift. Am Versuch, die Flüchtigkeit aufzuheben. Daher die steile These aus meiner letzten Mail: Das Peinliche des Schreibens entstammt der Peinlichkeit des Lebens selbst.

Wenn ich meinem kleinen, gerade anderthalb Jahre alten Sohn in die Augen sehe, seinen unschuldigen, klaren, völlig zweifelsfreien Blick, wird mein Glück um eine Winzigkeit getrübt durch das Wissen, dass er den Chef und mich in ein paar Jahren nicht anders sehen wird, als ich meine Eltern gesehen habe – peinlich. Alle Kinder finden ihre Eltern peinlich. Vor allem in der Öffentlichkeit. Die Strafe für diese Grausamkeit erfolgt in der Pubertät, die nichts anderes ist als die Entdeckung der eigenen Peinlichkeit.

Es ist wohl so, dass wir peinlich *sind*. Das Mensch-Sein an sich ist peinlich. Das, was wir Liebe nennen, ist nichts anderes als ein Peinlichkeitüberwindungsapparat, der es ermöglicht, für einen gewissen Zeitraum und bis zu einem gewissen Grad über die Peinlichkeit des anderen hinwegzusehen. Da die Peinlichkeit groß ist, muss die Liebe übermenschlich sein, um die Peinlichkeit zu überwinden, und solche Liebesgröße kann man von einem Kind nur solange erwarten, wie die Liebe ein Vehikel zum Überleben ist. Je besser das Überleben funktioniert, desto kleiner wird die Liebe, und dann kommt die Peinlichkeit zum Vorschein. Davor fürchte ich mich schon heute. Vor dem Moment, in dem ich zum ersten Mal meine eigene Peinlichkeit in den Augen meines Sohns sehen werde. Ich genieße jeden Tag, an dem seine Augen noch blank sind und er von Pein und Lich und Keit nichts weiß. So, wie diese Augen mich jetzt spiegeln, will ich mich sehen: nämlich gar nicht. Ich will mich in ihm nicht sehen müssen und weiß doch, dass er mich eines Tages krasser und hässlicher zeigen wird als jeder zu gut ausgeleuchtete Hotelbadezimmerspiegel.

Was ist so peinlich am Mensch-Sein? Die Sterblichkeit. Schreiben ist eine konzentrierte Form des Kampfs gegen die Vergänglichkeit. Wir wissen, dass es umsonst ist. Und kämpfen trotzdem. Peinlicher geht's kaum.

Hier liegt das große Paradoxon unserer Existenz: Das menschliche Leben ist ein permanentes Vorwärtsstreben, ein In-die-Zukunft-gerichtet-Sein, obwohl wir uns gleichzeitig mit Händen und Füßen gegen das Ende stemmen. Wir sitzen im Zug und warten darauf, endlich anzukommen. Wir gehen ins Büro und freuen uns auf den Feierabend. Wir lesen eine Mail und fragen uns, wann die Quasselstrippe endlich fertig ist. Antwort: Noch lange nicht. Und sei bloß froh, denn schon Scheherazade wusste: Am Ende des Erzählens steht der Tod.

»In seinen Vorlesungen präsentiert Sebastian gern eine selbsterfundene Typologie des Wartens. Das Warten (so beginnt er) ist ein intimes Zwiegespräch mit der Zeit. Langes Warten ist mehr als das: ein Zweikampf der Zeit mit ihrem Erforscher. Wenn Sie, meine Damen und Herren, das nächste Mal im Studentensekretariat um eine Auskunft anstehen, nehmen Sie kein Buch mit. (Gelächter.) Überlassen Sie sich der Zeit, unterwerfen Sie sich, liefern Sie sich aus. Diskutieren Sie mit sich selbst die Länge einer Minute. Finden Sie heraus, was zum Teufel das Gerät an Ihrem Handgelenk mit Ihnen selbst zu tun hat. Fragen Sie sich, was Warten denn sein soll: ein Verrat an der Gegenwart zugunsten eines Geschehens in der Zukunft? (Schweigen.) Aber was ist Gegenwart? (Anhaltendes Schweigen.) Beim Warten werden Sie feststellen, dass ein gegenwärtiger Augenblick nicht existiert. Dass er immer schon vorbei ist oder noch nicht ganz da, wenn Ihr Verstand nach ihm zu greifen versucht. Vergangenheit und Zukunft, so Ihre Erkenntnis, sind direkt aneinandergenäht. Aber wo, meine Damen und Herren, befindet sich dann der

Mensch? Gibt es uns in Wahrheit vielleicht gar nicht? (Verhaltenes, schnell abebbendes Gelächter.) Sind wir gar nicht wirklich da, weil das Zeitkostüm keine Löcher für Kopf und Arme besitzt? Und bedenken Sie: Der Mensch wartet nicht nur auf das Verstreichen der ewigen Mittagspause unserer Verwaltungsdamen. (Ein vereinzeltes Auflachen mit anschließendem Räuspern.) Sie zum Beispiel warten gerade auf das Ende meiner Vorlesung. Im Anschluss daran warten Sie in der Mensa auf Ihr Essen, während des Essens auf den Beginn der nächsten Lehrveranstaltung und während dieser auf den Feierabend. Natürlich warten Sie die ganze Zeit aufs Wochenende und darüber hinaus auf die Semesterferien. Das Warten, meine Damen und Herren, besteht aus unzähligen Schichten. Insgesamt warten Sie darauf, Ihr Vordiplom zu erwerben, Ihr Studium abzuschließen, einen Job zu finden. Sie warten auf besseres Wetter, glückliche Zeiten und die große Liebe. Wir alle warten, ob wir wollen oder nicht, auf den Tod. Die Wartezeit sämtlicher Etappen vertreiben wir uns mit allerhand Beschäftigungen. Merken Sie etwas? (Eine lange, kunstvoll gedehnte Pause.) Das Leben besteht aus Warten, das Warten nennt man Leben. Warten ist Gegenwart. Das generelle Verhältnis des Menschen zur Zeit. Warten zeichnet Gottes Umrisse an die Wand. Warten (pflegt Sebastian zum Abschluss zu rufen) ist jenes Durchgangsstadium, das wir als unsere Existenz bezeichnen!«

Das war ein Stück Zeitarbeit aus *Schilf*. Das Warten,

über das Sebastian spricht, könnte man auch als Treideln bezeichnen. Wir stemmen uns, die Last unserer Biographie hinter uns her ziehend, gegen den Strom der unerbittlich auf uns zufließenden Zeit. Treideln voran, obwohl es kein Ankommen gibt. Kein Ziel. Sondern nur den sicheren Tod. Das Leben zum Tode, der noch nicht einmal ein Ende ist, sondern nur ein Nichts.

Denn für ein Ende bräuchte man etwas, das danach weitergeht. Ein Ende muss eingebettet sein in etwas Noch-nicht-zu-Ende-Gegangenes. Deshalb lieben wir Geschichten. Bei der Geschichte gibt es ein Außerhalb. Sie ist ein (fiktives) Stück Lebenswelt mit einer anderen Lebenswelt drumherum. Die erste Lebenswelt (Geschichte) kann enden, und man kehrt in die zweite (sogenanntes echtes Leben) zurück. Deshalb betrachten Christen, wie Thomas Mann schon feststellte, das Leben als eine Art Roman: Es gibt einen Schöpfer, nach dem Ende geht's noch weiter, und am Anfang war das Wort.

Nur so ist Erkenntnis möglich. Nur ein Gott ist zur Erkenntnis fähig. Nicht, weil die Christen das behaupten, sondern weil es sich aus der Logik des menschlichen Verstandes ergibt. Wir können nur erfassen, was ein Gegenteil besitzt. Ohne Weiß kein Schwarz, ohne Heiß kein Kalt, ohne Groß kein Klein. Aber was ist das Gegenteil von Welt? Wo ist das Welt-Außen zum Welt-Innen? Und was ist das Gegenteil von Leben? Der Tod ist es nicht, denn das Ende der Geschichte ist nicht das Gegenteil der Geschichte. Der Roman simuliert ein Vorher-Nachher, ein Innen-Außen und ein Anfang-Ende. Wer schreibt, schwingt sich auf zu einem Gott, der Welten erschafft, um sie erkennend überdauern zu können.

Wer sich dermaßen anstrengt, das Grundproblem der menschlichen Existenz zu lösen, wirkt als permanenter Verkünder des Problems. Jeder meiner Sätze schreit im Subtext: »Hilfe, ich sterbe!« Wenn das nicht peinlich ist.

Gruß, J.

Alter Schwede,

»wenn die Wohnung eines Menschen etwas über seinen Charakter aussagt, habe ich wahrscheinlich ein Problem. Ich komme mit der Entropie nicht zurecht. Mein Leben lang und bis heute konnte ich nicht akzeptieren, dass es unendlich viel mehr Energie verbraucht, ein Kleidungsstück in die Waschmaschine zu stecken, das Waschprogramm einzustellen, Waschmittel hinzuzugeben, das Kleidungsstück wieder herauszunehmen, aufzuhängen, zu trocknen, abzunehmen, zu bügeln, zu falten und in den Kleiderschrank zu hängen – als es einfach aus dem Schrank herauszunehmen und anzuziehen. Nehmen Sie mal ein nagelneues, perfekt sortiertes Kartenspiel zur Hand und mischen es 30 Sekunden ordentlich durch. Stoppen Sie dann die Zeit, die Sie brauchen, um es wieder zu sortieren. Danach haben Sie verstanden, woran ich leide. Meine Wohnung ist dieses Kartenspiel. Sie lässt sich in dreißig Sekunden durcheinander bringen. Wieder aufzuräumen, kostet eine Kraft und Zeit, die in meinem Leben einfach nicht vorgesehen sind.

Mit den Jahren habe ich ein System entwickelt, das es mir ermöglicht, wie ein normaler Mensch am gesellschaftlichen Leben teilzunehmen. Ich habe meine Wohnung in einen vorderen und einen hinteren Bereich unterteilt. Der vordere Bereich besteht aus Wohn-, Ess- und Badezimmer. Hier befinden sich nur die nötigsten Möbel. Tisch und Stühle, eine Sitzgruppe, Fernseher. Eine schicke Lampe, Bilder an den Wänden. Keine Regale, Schränkchen, Kisten und Kästen, die Unordnung magisch anziehen. Das Badezimmer als Werkstatt unterliegt ohnehin strengsten Gesetzen. Der gesamte vordere Teil der Wohnung ist modern, spartanisch, sauber. Besucher denken: Hier wohnt eine moderne Frau mit minimalistischem Geschmack.

Nicht so der hintere Bereich. Dort tut die Materie, was sie will und was zu verhindern nicht in meiner Kraft steht: Sie vermischt sich. Rutscht in Aktenordnerstapeln über den Schreibtisch im Arbeitszimmer. Breitet sich in Bücher- und Zeitschriftenschichten am Boden aus. Bildet Klamottenberge in den Ecken und Geschirrtürme auf der Spülmaschine. Stirbt in Form einer Topfpflanze unter einem vor Wochen zum Trocknen aufgespannten Regenschirm. Quillt aus Umzugskartons, die ich nie vollständig ausgepackt habe, weil ich nicht wusste, wohin mit dem Zeug. Es ist unglaublich, was wir alles besitzen und wie wenig wir brauchen. Das, was ich nicht brauche, kann ebenso gut in den Kartons bleiben, die ich beim nächsten Umzug sowieso wieder einpacken müsste. Schließlich ergäbe es auch keinen Sinn, im Januar die Weihnachtsdekoration von den Fenstern zu nehmen, nur um sie im Dezember wieder aufzuhängen. Ein Jahr ist schnell vorbei.

Ich weiß, was Sie sagen werden. Die Wohnung sei ein Spiegel meines Ichs, das sich ja auch bemühe, eine perfekte Oberfläche zu schaffen, unter der die verborgenen Teile meiner Persönlichkeit in Chaos und Verzweiflung versinken. Die Sache hat nur einen Haken. Mein Inneres versinkt weder im Chaos noch in Verzweiflung. Mein einziges Problem ist der zweite Hauptsatz der Thermodynamik. Sowie die Tatsache, dass ich mir keine Haushälterin leisten kann.

Im Bad, wo jeder Handgriff sitzt, wo Fläschchen und Tiegelchen an ihren Plätzen stehen, jedes Werkzeug griffbereit hängt und jede Schublade durchgeplant ist wie das Instrumententablett eines Chirurgen – an diesem Ort der Professionalität vollende ich meine äußere Person gemäß dem Auftrag, den die Natur mir erteilt hat. Dann wechsele ich über die unsichtbare Grenze ins Schlafzimmer, um einen kamelfarbenen Kaschmirmantel aus dem Kleiderberg in der Ecke zu ziehen. Ich nehme den Wohnungsschlüssel aus einer gebrauchten Kaffeetasse und das Handy vom Boden.

Erneut überquere ich die Grenze und gehe durch den fast leeren Flur. Neben der Tür stehen absolut parallel ausgerichtet drei Paar Schuhe, die ich niemals trage; es handelt sich um Dekoration. Ich werfe einen letzten Blick in den Spiegel.

Dann verlasse ich die Wohnung, um Treidel zu treffen.«

Juliette

Liebe Frau Liebhardt,

ja, es trifft zu, dass es sich bei der Firma *Maxdome* um einen Anbieter von Filmen im Internet handelt. Ebenso trifft zu, dass mein Mann und ich diesen Dienst zwei- bis dreimal im Monat in Anspruch nehmen. Richtig ist zudem, dass etwa die Hälfte der Filme aus geschäftlichen Gründen angeschaut wird, da ich unter anderem Drehbücher schreibe und in die Verfilmung meiner Romane involviert bin. Weiterhin stimmt es, dass der Online-Genuss eines Films in der Regel zwischen drei und vier Euro kostet und dass dieses Entgelt über die Telefonrechnung beglichen wird.

Aber jetzt kommt der Hammer. Das unerhörte Skandalon. Nein, es gibt für diese Transaktionen keine Belege. Auch keine Quittung. Keine gesonderte Rechnung. Es gibt überhaupt keinen Schriftverkehr. Ich klicke auf den Film, *Maxdome* bucht ab. Fertig.

Was nun? Wird das Finanzamt implodieren? Werde ich verhaftet? Expatriiert? Auf eine CD gepresst und in die Schweiz verkauft?

Freundliche Grüße
Frau Zeh

Liebe Wanda,

wie kommst du darauf, dass Prosa langweilig sei? Weißt du noch, wir haben vor Jahren schon einmal über die Entstehung von Romanen gesprochen. Das narrative Phantasieren haben wir damals mit dem Herumspazieren in einer Landschaft verglichen. Wieso sollte es nun langweilig sein, sich länger als ein paar Stunden in derselben Landschaft aufzuhalten? Was wäre von einem Menschen zu halten, der immer gleich weiter muss, der wie ein Japaner mit Photoapparat durch die Welt hetzt, zehn Landschaften in einer Woche, und immer nur Zeit für ein paar Schnappschüsse hat? Das ist doch bedauernswert. Überleg mal, was du da sagst, Wanda: Du schreibst Lyrik aus Konzentrationsschwäche.

Dabei ist das, was du beklagst, gar kein Zentrierungsproblem, sondern das Gegenteil: die fehlende Bereitschaft oder Fähigkeit, sich fallen zu lassen. Zu verweilen, sich zu verströmen, zu atmen. Zu betrachten. Zeit vergehen zu lassen. Das bedeutet auch: zu sich selbst zu kommen. Gerade Letzteres erzeugt nicht selten einen Fluchtreflex. Wer will schon *zu sich* kommen oder gar *bei sich* sein. Jeder Mensch ist nervtötend, wenn man ihm zu nahe rückt, man selbst am allermeisten. Aber das ist ja gerade das Schöne an Prosa: Es ist nur ein abgemildertes Zu-sich-Kommen, ein simuliertes Bei-sich-Sein, weil »sich« in dem Fall nicht »ich«, sondern die literarische Perspektive ist. Eine solide gebaute Perspektive lässt sich wesentlich besser ertragen als das hektische Flimmern, welches wir unser »Ich« nennen.

Natürlich kommt man sich beim Erzählen trotzdem nahe. Das fiktive »Ich« oder »Er« oder »Wir« ist ein Aussichtsposten, von dem aus man auf sich selbst schaut. Vielleicht auch ein Hochsitz, von dem aus man auf sich selbst anlegt. In aller Ruhe ansitzen, sich selbst direkt vor der Flinte haben und dann doch nicht abdrücken, sondern die Waffe sinken lassen und denken: Ach, zieh in Frieden äsend nur dahin, du arme Kreatur – das ist das Versöhnungsversprechen, welches die Prosa für ihre leidgeprüften Autoren bereithält. Bedenke, Wanda: Wer nie die Geduld aufbrachte, sich selbst in einer einsamen Nacht nach monatelangem Warten vor die Flinte zu bekommen, der kann nicht *nicht* abdrücken. Der verschont sich nur, weil er sich nie begegnet ist.

Solange du allerdings meinst, deinen Alltag mit durchschnittlich vier Stunden Schlaf pro Nacht bewältigen zu müssen, kannst du das mit der Prosa sowieso vergessen. Zwei Kinder, der Uni-Job und dann noch ein Roman? Vielleicht gibt es Wesen, die das können, aber die stammen vom Mars oder sind ritalinsüchtig. Wer schreibt, muss schlafen. An dieser Stelle hat Freud ausnahmsweise mal etwas richtig verstanden: Erzählen hat viel mit Träumen zu tun. Warum lesen wir so gern vor dem Einschlafen, warum schläft man so schön ein mit einem Buch in der Hand? Nicht, weil Romane langweilig sind, wie du neuerdings behauptest. Sondern weil sie im Zwischenreich zwischen Wachen und Schlafen stattfinden. Weil sie dieses Zwischenreich ausdehnen, begehbar, bewohnbar machen. Es ist die Welt des Kindes, nach der wir uns alle sehnen. Abenteuerlich, aber gefahrlos. Grenzenlos unendlich und unendlich begrenzt. Wenn du dieses Reich nicht nur lesend, sondern schreibend bewandern willst, musst du schlafen. Und träumen. Kündige deinen Job. Geh früh ins Bett, steh mitten in der Nacht auf und setz dich an den Schreibtisch. Dann wirst du schon sehen.

Deine Juli

Holger,

ich habe vor dem Computer laut gelacht. Wie ein Staranwalt in einem Hollywoodfilm hast du meiner Suada mit ein paar präzisen Fragen den Boden entzogen. Als Vertreter der Anklage sehe ich dich im Maßanzug vor der Geschworenenbank auf und ab schreiten.

»Meine Damen und Herren«, rufst du. »Die Angeklagte hat in den letzten vierzig Minuten unsere Geduld mit ihren Ausführungen zu Heimlichkeit und Peinlichkeit strapaziert. Ich frage Sie: Wenn das stimmen würde, wenn die Angeklagte das Schreiben tatsächlich derart peinlich fände – warum tut sie es dann? Besser gefragt: Wenn Schreiben etwas so Höchstpersönliches ist, dass es des Schutzraumes der Heimlichkeit bedarf, um sich frei zu entfalten; wenn schon der Gedanke an einen Leser den Schreibfluss stört – warum dann überhaupt mit einem Text an die Öffentlichkeit treten? Warum setzt sich Frau Zeh dem schizophrenen Bruch aus, der sich im Moment der Entscheidung für eine Veröffentlichung ereignet und der den Träumer zum Handwerker, den Künstler zum Dienstleister, den Schreibenden zum Schriftsteller und den Schriftsteller zum Lektor macht? Warum kürzt sie 1500 irgendwie entstandene Seiten zu einem 400-seitigen, möglichst konsistenten Roman? Warum streicht sie unzählige Szenen und schreibt andere neu? Warum macht sie sich die Mühe, die Handlung zu durchdenken und neu zu montieren, Figuren zu überarbeiten, logische Schwächen auszumerzen,

50 Prozent aller abwegigen Metaphern zu löschen, am Ende noch einmal jeden Satz auf die Goldwaage zu legen? Warum das Höchstpersönliche auf ein allgemeinverträgliches Maß bringen? Warum erst nur für sich – und dann plötzlich nur noch für den Leser arbeiten? Ergibt das irgendeinen Sinn?«

Hier machst du eine Kunstpause, schaust zur Decke, als könnte von dort weitere Inspiration auf dich herunterrieseln, während die Geschworenen an deinen Lippen hängen. Dann kommt der Tatvorwurf.

»Niedere Beweggründe!«, rufst du zur Nussbaumtäfelung hinauf. »Faulheit! Feigheit! Eitelkeit!«

Die Angeklagte senkt den Kopf, dem Verteidiger bricht der Schweiß aus. Du würdigst die gegnerische Partei keines Blickes und fährst fort.

»Faulheit, meine Damen und Herren! Die Angeklagte führt lieber die luxuriöse, freie Existenz einer Schriftstellerin, statt sich in einem ordentlichen Beruf zum Nutzen der Gemeinschaft zu plagen. Haben Schriftsteller Burn-out? Ist uns irgendein Fall bekannt, in dem ein Schriftsteller an Überarbeitung gestorben wäre? Im Gegenteil! Sofern sie es schaffen, der Alkoholsucht zu entgehen, werden Schriftsteller häufig sogar recht alt. Morgens lange schlafen, keine Vorgesetzten, keine Anwesenheitspflichten. Ein Leben wie ein Rockstar, aber nicht mal Gitarre üben müssen.«

Die Angeklagte erblasst.

»Zweitens: Feigheit! Aus Angst vor der Sinnfrage, die sich jedem Arbeitnehmer früher oder später stellt, flüchtet sich die Angeklagte in die Welt der schönen Künste. Hier kann man lästigen Fragen nach dem Sinn mit einem frechen »Alles Selbstzweck!« begegnen. Vielleicht glaubt die Angeklagte sogar, dass ihr unsteter Lebensstil sie eines Tages gegen das unbarmherzige Zuschlagen der Midlife-Crisis schützt.«

Der Verteidiger kneift die Lippen zusammen und schüttelt den Kopf. Du holst tief Luft.

»Drittens: Eitelkeit. Kaum sind die angeblich in größter Selbstvergessenheit entstandenen Texte fertig, rennt Frau Zeh damit in die Welt wie ein Kind, das den Eltern ein selbst gemaltes Bild präsentiert: »Guckt mal, was ich Tolles gemacht habe!« Sie will Lob, Bestätigung, Erfolg. Ihre krankhafte Sucht nach Anerkennung zwingt sie, mit Selbstgemachtem in der Hand der Menschheit nachzulaufen. Alle Versuche, sie durch handfeste Verrisse zur Vernunft zu bringen, sind fehlgeschlagen. Seit Jahr und Tag belästigt sie uns mit ihren literarischen Ausbrüchen, statt einen normalen Job auszuüben und ihre Schreibgelüste im Verborgenen zu befriedigen wie alle anderen auch.«

Die Art, wie du jetzt in die Kamera lächelst, zeigt, dass du den Fall praktisch gewonnen hast. Aber jetzt musst du dein Siegerlächeln mitnehmen und dich setzen; jetzt ist der Verteidiger dran.

»Sehr verehrte Damen und Herren, hohes Gericht, was der Vertreter der Anklage ›Faulheit‹ genannt hat, ist in Wahrheit der Drang nach einer künstlerischen Freiheit, die sich auch im Lebensstil verwirklichen muss, um ganz zu sich selbst zu kommen. Ein Künstler arbeitet *immer*. Durch Lesen, Fernsehgucken und Computerspielen hält er sich auf der kulturellen Höhe seiner Zeit. Was nach Urlaubsreisen aussieht, sind in Wahrheit Recherchefahrten. Lange Spaziergänge und stundenlanges Rumhängen auf der Couch dienen der Kontemplation. Kneipenbesuche sind unverzichtbar zum nächtelangen Austausch mit Künstlerkollegen. Alkohol, Zigaretten und Drogen sind keine Genussmittel, sondern notwendige Stimulanzen zur Steigerung der Kreativität. Viel Schlaf braucht der Künstler auch, denn so ein Lebensstil ist anstrengender, als er aussieht.

Und was heißt schon Feigheit? Indem der Künstler manch kleine Alltagssorge vermeidet, stellt er sich doch den großen, existenziellen Fragen: Wo geh ich her, wo komm ich hin, und was hab ich eigentlich den Kritikern von der FAZ getan?

Beim Veröffentlichen der Angeklagten handelt es sich also keineswegs um eine feige Flucht vor den Anforderungen der modernen Arbeitswelt. Vielmehr hat sie es sich zur Aufgabe gesetzt, ihr tiefes Vertrauen in die sinnstiftende Kraft der Kunst zu erhalten und zu nähren. In gewisser Weise tut sie das als Stellvertreterin für uns alle, die wir im Mühlrad des täglichen Broterwerbs den Sinn für das Große und Schöne regelmäßig aus den Augen verlieren. Im Grunde ist die Angeklagte, und verzeihen Sie mir die pathetische Metapher, das scheint irgendwie ansteckend zu sein – also, im Grunde ist die Angeklagte wie eine Priesterin, die für die vielbeschäftigten Gläubigen das Bitten um Vergebung übernimmt. Ihre Werke trägt sie wie Opfertiere zum Altar der Öffentlichkeit, auf dass sie dort geschlachtet, gefressen oder verehrt werden. Dazu gehört nicht Feigheit, sondern Mut.

Und dann die Eitelkeit, die man hier dem Wunsch nach Veröffentlichung zu unterstellen versucht! In der Angeklagten webt und wirkt das tief empfundene Bedürfnis, ihre geistigen Produkte in das große Menschheitsspiel namens Kommunikation einzuspeisen. Sie möchte Teil des erdumspannenden Selbstgesprächs werden, in dem unsere Spezies sich immer wieder neu erschafft. Meine Mandantin hat sich der Literatur buchstäblich verschrieben. Zu deren Erhalt und Fortführung möchte sie mit ihren bescheidenen Anstrengungen etwas beitragen. So viele hervorragende Bücher anderer Autoren haben ihr geholfen, die peinliche Anwesenheit auf diesem Planeten zu ertragen. So viele wundervolle Texte behaupten trotz erdrückender historischer Empirie immer wieder die Größe und Schönheit des menschlichen Geistes. Selbst wenn wir alle ab heute jede Minute unseres Restlebens mit Lesen verbrächten, wäre noch immer eine geradezu endlose Menge an Literatur übrig, die sich geduldig zu unserer Verfügung hält – wie soll man als Schreibender nicht die Verpflichtung spüren, sich in den Dienst eines solchen Wunders zu stellen? Das ist höhere Gewalt – ich plädiere auf Freispruch!«

Den du mir hoffentlich, lieber Holger, und sei es nur aus Freundschaft, gewährst.

Gruß, J.

Liebe Frau Liebhardt,

es leuchtet mir ein, dass ich meinen Ehemann nicht von der Steuer absetzen kann. Über meinen Ehemann schreibe ich auch keine Bücher, jedenfalls nicht so, dass er es merken würde. Über meinen Hund hingegen habe ich ein Buch geschrieben, und in einem weiteren spielt er die zweite Hauptrolle.

Vor einigen Jahren haben Sie mir geraten, einen Nissan Pathfinder Navara mit 230 PS und drei Tonnen Anhängelast anzuschaffen, weil ich dieses Spezialfahrzeug angeblich für eine Recherchefahrt auf den Freiburger Schauinsland benötigte. Bei einem Neuwagen für 30 000 Euro jubiliert das Steuerberaterbüro also vor Glück, während das Finanzamt mit den Zähnen knirscht.

Wenn ich hingegen eine bescheidene Menge Futter sowie die jährliche Tollwutimpfung für einen durch und durch umweltfreundlichen Hund, der für meine literarische Arbeit mehr tut, als es ein Nissan Pathfinder jemals könnte, in Anschlag bringen will, dann heißt es, den Hund hätte ich mir doch sowieso angeschafft, Schriftstellerei hin oder her. Und das Auto? Das hätte ich mir doch auch sowieso angeschafft, wenn auch nicht in Form eines Pathfinders, sondern eines gebrauchten Golf II. Angesichts dieser finanzpolitischen Fehlentscheidung rauften Sie sich damals wochenlang die Haare. Warum ich mehr Geld ausgeben muss, um Geld zu sparen, habe ich in all den Jahren unserer Zusammenarbeit nie begriffen. Das deutsche Steuerwesen scheint nach ähnlichen Prinzipien zu funktionieren wie meine Tante Lilli, die am Winterschlussverkauf mit der festen Überzeugung teilnimmt, durch den Kauf von siebzehn um die Hälfte heruntergesetzten Pullovern eine Menge Geld zu sparen.

Helfen Sie mir zu verstehen, warum ein Nissan Pathfinder mehr für meine Arbeit tun würde als mein Hund. Wozu soll ich von unserem pädagogisch legitimierten Steuersystem diesmal erzogen werden? Liegt es daran, dass Anschaffung und Betrieb eines Neuhundes weniger für unsere Volkswirtschaft tun als ein japanischer SUV, weshalb es auch noch keine Abwrackprämie für Hunde gibt? Oder daran, dass die Kfz-Steuer um ein Vielfaches höher ist als die Hundesteuer, so dass nur das Absetzen des Wagens, nicht hingegen das Absetzen des Hundes dazu führen würde, dass am Ende des Geld-im-Kreis-Verbuchungs-Spiels alle Beteiligten wieder bei Null rauskommen?

»Steuer« komme von »steuern«, habe ich im Studium

gelernt. Ich wusste nicht, dass damit das Steuern von Geländewagen gemeint war.

Freundliche Grüße
Frau Zeh

Alter Schwede,

auf gar keinen Fall. Erstens sind das nur Versuche – ein bisschen Geklimper auf der Phantasieklaviatur. Ich muss Alice zum Sprechen bringen, weil sie uns sonst kein ganzes Buch erzählen wird, und wie bei jedem anderen Menschen dauert es eine Weile, ihr die Zunge zu lösen. Es würde sie erschrocken verstummen lassen, wenn du jetzt gleich anfängst, ihr mit dem Rotstift nachzuspüren. Natürlich spricht sie noch nicht besonders literarisch. Was sie sagt, ist nicht konsistent, und wir wissen noch gar nicht, ob wir es wirklich wissen wollen. Aber es ist trotzdem wichtig, sie erst einmal reden zu lassen! Nicht einmal ich selbst würde es wagen, zu diesem Zeitpunkt an irgendetwas herumzukorrigieren. Für mich gilt das strenge Verbot, vor Arbeitsbeginn noch einmal durchzulesen, was ich am Vortag geschrieben habe. Und warum? Ganz einfach. Ich würde alles Vorgefundene für unerträglich schlecht halten und sogleich mit dem Korrigieren beginnen, bis die Arbeitszeit vorbei wäre. Am nächsten Tag würde sich das gleiche Spiel wiederholen, und schon am dritten hätte ich den Glauben an Alice verloren. Ich befände mich auf sicherem Weg in die Schreibkrise.

Jeder Autor lernt, im Nebenberuf sein eigener Lektor zu sein. Ich bin in der Lage, die eigenen Texte als fremde anzusehen, zu korrigieren, zu revidieren, zu kürzen, umzubauen – alles, was nötig ist auf dem Weg zu möglichst guter Literatur. Das ist ein zentraler Teil meiner Arbeit und trotzdem schizophren. Schriftsteller und Lektor sind zwei verschiedene Persönlichkeiten. Sie leben in Wohngemeinschaft im selben Autorenkopf. Der Schriftsteller schreibt, der Lektor korrigiert. Eins haben sie gemeinsam: Beide finden die Arbeit des Schriftstellers schlecht. Aber der Schriftsteller muss sich damit arrangieren, um weiterarbeiten zu können, während der Lektor sofort mit der Korrektur beginnen will. Schreibkrise ist, wenn Schriftsteller und Lektor um den Zugriff auf den Text streiten. Wenn sie anfangen, einander zu zerfleischen, bevor auch nur das erste Kapitel fertig ist.

Kennst du den Rathausangestellten Grand in *Die Pest* von Camus? Er will einen Roman schreiben und hat schon den ersten Satz: »An einem schönen Morgen des Monats Mai durchritt eine elegante Amazone auf einer wunderbaren Fuchsstute die blühenden Alleen des Bois de Boulogne.«

Statt nun mit dem nächsten Satz fortzufahren, revidiert Grand wieder und wieder seine ersten Worte. Er findet tausend Argumente für und gegen verschiedene Formulierungsmöglichkeiten, stellt um, dreht und wendet und kommt niemals über die Amazone im Bois de Boulogne hinaus.

Ich sage dir, mein lieber Schwede, seit der Erfindung des Computers ist dieses Problem um ein Tausendfaches potenziert. Solange du von Hand arbeitest, kannst du in einem Satz ein paar Wörter durchstreichen und neue darüber schreiben. Du kannst mithilfe von Klammern und Pfeilen die Reihenfolge der Satzteile ändern. Du kannst das Durchgestrichene umkringeln, um es in die Gültigkeit zurückzuholen, und das Darübergeschriebene durchstreichen. Mittels einer Art Sprechblase kannst du noch einen Halbsatz in das Ehemals-Durchgestrichene-und-nun-doch-wieder-Gültige einfügen. Du kannst Sternchen, Doppel-Sternchen und Triple-Sternchen malen, um am Rand der Seite in Miniaturschrift noch einmal von vorn anzufangen. Aber irgendwann ist die Sache ausgereizt. Der Satz muss stehen bleiben, weil es technisch unmöglich wäre, ihn ein weiteres Mal zu korrigieren. Es sei denn, du willst die ganze Seite herausreißen und neu schreiben. Egal, was der Lektor im Autorenkopf brüllt, die Möglichkeiten sind erschöpft. Der Schriftsteller wird sich dem nächsten Satz zuwenden, der aus dem vorausgegangenen folgt.

Am Computer hingegen ist es möglich, jeden einzelnen Satz unendlich viele Male zu korrigieren. Man kann das Geschriebene auch gleich löschen und neu schreiben, um es dann wieder zu korrigieren. Oder man drückt Strg+A+Entf, und der komplette Text hat sich erledigt. Der Computer ist ein Schreibkrisengenerator. Nicht nur ein Schreiberleichterungs-, sondern auch ein Schreibverhinderungsgerät. Der Computer spielt dem inneren Lektor in die Karten. Wenn es ganz schlimm kommt und ich doch in die Korrekturfalle tappe, schalte ich den Rechner aus und schreibe eine erste Fassung mit der Hand. Da freuen sich auch die Leute in Marbach, wenn sie später was zu archivieren haben.

Woher kommt der Verbesserungswahn? Warum mache ich es meinem inneren Lektor so leicht, das Zepter an sich zu reißen? Ich könnte den Text doch auch verteidigen: »Das bleibt, wie ich es hingeschrieben habe, denn es ist gut so, wie es ist!« Aber ich halte es eben nicht für gut. Die Unzufriedenheit mit dem Geschaffenen scheint notwendiger Teil des Schaffens zu sein. Anscheinend besteht die Definition von Kunst darin, die eigenen Ansprüche über die eigenen Fähigkeiten zu stellen. Was einem vorschwebt, ist nicht weniger als das Höchste. Was man erreicht, ist gemessen daran immer nur fade Mittelmäßigkeit.

Hinzu kommt, dass der innere Lektor auch noch die Stimmen all jener Kritiker auf seiner Seite hat, die jederzeit eidesstattlich versichern würden, dass der Autor nichts taugt und seine Texte noch weniger. Das klingt dann so:

»Zuerst das Gute: Der neue Roman von Juli Zeh ist weniger lang als seine Vorgänger. Die Konstruktion der

Rahmenerzählung ist ebenso bemüht, wie die Sprachfertigkeiten der Autorin begrenzt sind. Die Sprache ist ungelenk bis peinlich. Am meisten nervt die prätentiöse Geschwätzigkeit. Was dabei herauskommt, ist ein schauriges Gestotter und Gestöckel, schamlos versetzt mit brutalsten Kolportageelementen. Schwallmadame. Quatschnudel. Man könnte meinen, sie habe die Schulbank nicht wirklich verlassen und komme auch als Autorin nicht mehr aus ihrer Haut als ewig Klassenbeste. Streberin. Dauerpowerfrau. Apokalyptisch altkluge Angeberin. Juli Zeh nervt. Juli Zeh kann nicht schreiben. Die selbsternannte Kaiserin ist nackt. Wir befinden uns auf dem Schrottplatz der sprachlichen Überanstrengung. Der Plot wird mit derartiger Gewolltheit und Gewaltsamkeit zusammenkonstruiert, dass kaum etwas anderes als das strenge Urteil ›albern‹ am Platz ist. Pseudo-Roman. Literatur-Simulation. Nichts als Schlaumeierei. Dieses Buch stellt einen traurigen Fall dar. Das ist alles so fürchterlich, wie es klingt. Aufgesetzte Sozialkritik. Ein altklug klingender Schmöker. Ein recht kalkuliertes Stück Literatur. Es resultiert etwas, das im Einzelnen naseweis ist, und überdreht als Ganzes. Juli Zeh will sich nun, hört man, ihrer juristischen Doktorarbeit zuwenden. Da kann sie weiter Thesenklappriges aufeinanderstapeln. Und das Beste: Lesen muss es nur einer.«

Das war eine kleine Zitatcollage aus Rezensionen der letzten Jahre, damit du ein Gespür für den Sound der zeitgenössischen Literaturkritik bekommst. Nicht alle

Kritiker schreiben so. Aber viele. Früher glaubte ich, Literaturkritik sei so etwas wie eine Partnerschaftsvermittlung zwischen Mensch und Buch. Dazu würde als Grundhaltung allerdings ein wenig mehr Liebe zur Literatur gehören. In der zitierten Form ist Kritik ein Versuch der Literaturverhinderung. Der Leser soll davon abgehalten werden, zum Buch zu greifen, und die Autorin daran gehindert, ein weiteres zu produzieren. Als wäre die Tatsache, dass überhaupt Bücher geschrieben werden, den Kritikern ein Dorn im Auge. Jedes Jahr zwei Buchmessen. Jedes Jahr stapelweise neue deutsche Literatur. Jedes Jahr Gejammer, dass zu viel veröffentlicht werde. Alles schreit nach Aufmerksamkeit. Alles soll vom Kritiker gelesen und bewertet werden. Das nervt. Da braucht man gelegentlich ein Ventil. Frauen mit großer Klappe sind ein gefundenes Fressen. Gibt es eigentlich auch Männer mit großer Klappe? Müssen die auch auf altkluge, naseweise, vorlaute Schuljungen zurechtgestutzt werden?

Das Treidel-Pony bleibt stehen und scharrt erschöpft mit den Hufen. Schnaubt. Lässt den Kopf hängen. Will nicht mehr weitergehen. Wozu auch. Ein Ziel gibt es ohnehin nicht zu erreichen, und auf dem Weg dorthin wird man von überregionalen Tageszeitungen mit faulen Eiern beworfen. Auch mit Rosen, aber die fallen einfach zu Boden, während der Geruch der faulen Eier haften bleibt. Leider ist das schriftstellerische Nervenkostüm so beschaffen, dass zwanzig positive Kritiken eine negative nicht aufwiegen.

Dagegen muss man sich schützen, so gut es eben geht. Also mache ich es wie Lot und schaue nicht zurück. Das ist die einzige Möglichkeit, Schriftsteller und Lektor voneinander zu trennen wie zwei aggressive Hunde, die nur abwechselnd, niemals gemeinsam auf die Hundewiese dürfen. Am sichersten ist es, jeden Tag eine neue Datei zu öffnen. Dann kommt man nicht in Versuchung, doch mal kurz nach oben zu scrollen und zu gucken, was man an den Vortagen so verbrochen hat. Am Ende der Arbeitssitzung hänge ich das neu Geschriebene an das bereits Existierende an, freue mich über den Zuwachs um zwei oder drei Seiten und schließe die Datei, die meistens unter dem Namen »Gesamt.doc« firmiert. Dann wird »Unbenannt1« gelöscht, und das Spielfeld ist frei für den nächsten Anlauf.

Wenn dann nach einigen Monaten oder manchmal auch erst nach drei Jahren die erste Fassung fertig ist, ganz gleich, wie roh, chaotisch, unvollständig, lehnt sich der Schriftsteller zurück, und der Lektor darf ran. Jetzt kann nach Herzenslust überarbeitet werden. Der Text ist in der Welt, die Gefahr einer Literaturverhinderung massiv gesunken. Zwar steht ein schwieriger, vielleicht der schwierigste Teil der Arbeit noch bevor – das irgendwie Zusammengetreidelte muss in Lesbares verwandelt werden. Aber die Anspannung lässt nach bzw. verwandelt sich in eine andere Form von Stress. Ab jetzt wird nicht mehr geschrieben, sondern gearbeitet, viele Stunden täglich. Das geht mal besser und mal schlechter, aber es geht. Die Zeit der Heimlichkeit ist vorbei. Ich bekomme Hilfe von Lektoren, die nicht in meinem Kopf sitzen. Von befreundeten Schriftstellern und natürlich vor allem vom Chef, der der beste Lektor im Universum ist. Ich stöhne vielleicht unter der Arbeitslast, wenn enorme Umbaumaßnahmen nötig sind. Aber ich habe keine Angst mehr, dass der Text nicht fertig werden könnte. Letztlich ist das Fortkommen im Lektorat eine Frage preußischer Tugenden. Mut zur Selbstkritik, Gehorsamkeit gegenüber dem Ruf zum Besseren, dazu ein gerütteltes Maß Disziplin.

Gegen Schreibkrisen hingegen hilft keine Disziplin. Wenn das Treidel-Pony über die eigenen Füße stolpert und zusammenbricht, kann man es prügeln, bis der Stock in hundert Teile splittert – es wird die Augen nur noch fester schließen. Das Treideln ist die sensible, störungsanfällige Phase. Erst beim Überarbeiten tausche ich die Samtpfötchen gegen Gummihandschuhe. Dann wird der Tonfall rau und die Methoden robust.

So wollen auch wir es halten, lieber Schwede. Wie sagte der alte Erich so schön? »Vorwärts immer, rückwärts nimmer.« Lass uns stoisch vorantreideln, das Geschrei des kritischen Über-Ichs ignorieren, niemals zurückschauen.

Juliette

4

Sehr geehrte Mitarbeiter der Gesellschaft für Sprache und Gesellschaft,

ich freue mich, dass Sie einen Preis für das »Isogramm des Jahres« stiften. In Zeiten von Internet und allgemeinem Kulturverfall müssen Wörter geschützt werden, in denen jeder Buchstabe des Alphabets nur einmal vorkommt. Ganz herzlich gratuliere ich dem Wort »Heizölrückstoßabdämpfung« zum Titel »Isogramm des Jahres 2012«.

Ihrem Anliegen kann ich leider dennoch nicht nachkommen. Als Schriftstellerin kann ich mich unmöglich verpflichten, »Heizölrückstoßabdämpfung« in meinem nächsten Roman zu verwenden. Mein Schreiben folgt ästhetischen Kriterien. Eine Verpflichtung zur Verwendung bestimmter Wörter käme mir unlauter vor.

In der Hoffnung auf Ihr Verständnis und mit guten Wünschen für die Preisverleihung,

Ihre Juli Zeh

Sehr geehrter Herr L.,

in gewisser Weise ehrt es mich, dass der Erzengel Gabriel sich die Mühe gemacht hat, vom Himmel herunterzusteigen und Ihnen zu erscheinen, nur um mitzuteilen, dass ich dazu ausersehen wurde, die Welt von Präsident Obama zu befreien. Gleichzeitig gehe ich aber davon aus, dass es sich um ein Missverständnis handeln muss. Es kann gut sein, dass Sie mich in einer Talkshow des Norddeutschen Rundfunks gesehen haben, wo ich Stellung zu politischen Fragen bezog. Das macht mich aber nicht zu einem geeigneten Attentäter auf den amerikanischen Präsidenten. Erstens habe ich nichts gegen Obama, und zweitens bin ich generell friedlich eingestellt. Ich besitze nicht einmal eine Waffe. Vielleicht erklären Sie das dem Erzengel bei seinem nächsten Erscheinen.

Mit freundlichen Grüßen
Juli Zeh

Liebe K-Zeitung,

wie schön, dass Ihnen mein Auftritt beim Norddeutschen Rundfunk gefallen hat und Sie mich deshalb einladen, gemeinsam mit führenden Vertretern aus

Wirtschaft, Politik, Sport, Show und Kultur die Krippenszene von Bethlehem als Tableaux Vivants nachzustellen, um auf diese Weise das Titelfoto für Ihre Ausgabe zum Heiligen Abend zu gestalten. Auch freue ich mich, dass Sie mir die Rolle des Engels und nicht jene von Ochs, Esel oder Kuh anbieten. Leider muss ich kurz vor dem geplanten Shooting zu einer dringenden Weltumsegelung aufbrechen und bin erst am Sankt Nimmerleinstag wieder zurück. Für Ihr künstlerisches Vorhaben wünsche ich Ihnen dennoch viel Erfolg.

Grüße,
Juli Zeh

Sehr geehrte Mitarbeiter der Gesellschaft für Sprache und Gesellschaft,

vielen Dank für Ihr Angebot von 500 Euro, das mir geholfen hat, meinen Standpunkt noch einmal zu überdenken. Nach reiflicher Überlegung bin ich zu dem Schluss gekommen, dass es mir doch möglich ist, das »Isogramm des Jahres 2012« in meiner nächsten Veröffentlichung zu verwenden. Ich kann Ihnen sogar anbieten, noch ein paar Isogramme auf Vorrat unterzubringen, zum Beispiel »Zylinderkopfwachstum«, »Malzwhiskyduftproben« und »Wildbachverstopfung«. Diese vom Aussterben bedrohten Wortgeschöpfe werde ich in meine Frankfurter Poetikvorlesung aufnehmen, die im Verlag Schöffling & Co. als Buch erscheint. Vier benutzte Isogramme erhalten Sie zum einmaligen Sonderpreis von 1 000 Euro. Rechnung anbei.

J. Zeh

Sehr geehrte Frau Freyer,

anbei der ausgefüllte Fragebogen für die Zeitschrift »Geliebtes Haustier«.

Was würdest du auf eine einsame Insel mitnehmen?
Meine Katze.
Welche Person der Zeitgeschichte bewunderst du besonders?
Meine Katze.
Mit wem möchtest du für einen Tag tauschen?
Mit meiner Katze.
Was bringt dich so richtig auf die Palme?
Meine Katze.
Wen bezeichnest du als dein Vorbild?
Meine Katze.
Auf was bist du stolz?
Meine Katze.

Wofür gibst du Geld aus?
Meine Katze.
Wer ist dein schärfster Kritiker?
Meine Katze.
Und wer liebt dich wirklich?
Mein Hund.

J. Z.

Sehr geehrter Herr T.,

vielen Dank, dass Sie mich aufgrund meines Erscheinens in einer Talkshow des Norddeutschen Rundfunks für die Zeitschrift *Country* porträtieren wollen. Gerne bin ich bereit, Ihnen ein Interview zu geben. Auch verstehe ich, dass der Photograph an abwechslungsreichem Bildmaterial interessiert ist. Bitte haben Sie aber Verständnis, dass es mir trotzdem nicht möglich ist, mein Pferd zum Interview mitzubringen. Der Aufwand wäre unverhältnismäßig, auch wenn ich die Bereitschaft des Photographen, das Pferd während des Interviews für mich festzuhalten, sehr zu schätzen weiß.

Z.

Sehr geehrter Herr Würmer,

Sie können nichts dafür. Sie schreiben mir eine Mail an einem ganz normalen Montagvormittag nach einem Fernsehauftritt wie alle anderen auch. Sie sind ein kleiner Schreiberling bei einer kleinen Provinzpostille namens R-Post, vielleicht sind Sie auch nur der Praktikant oder Volontär, vielleicht besteht die R-Post sowieso nur aus Praktikanten und Volontären, bis auf den Chefredakteur, der heute Morgen bei Ihnen im Büro stand und sagte: »Da gibt es doch diese Schriftstellerin, die dieses Buch geschrieben hat, die war in einer Talkshow, und der G-Anzeiger hatte das schon letzten Samstag ganz groß, warum haben die das im Blatt und wir nicht, wofür zahle ich dich eigentlich, falls ich dich zahle, du marschierst auf der Stelle los und besorgst mir was über diese Judith Finger, Interview, Infokasten, Photo, marsch-marsch, da draußen stehen hundert andere und warten auf deinen beschissenen Job.«

Und dann sind Sie losgezogen, lieber Herr Würmer von der R-Post, haben meinen Namen bei Google eingegeben und sich fünf Interviewfragen ausgedacht. Mit beinahe übermenschlicher Intuition haben Sie die von mir am meisten gehassten Fragen getroffen, alle fünf, das ist fast schon Zauberei.

»Frau Zeh, würden Sie sich als starke Frau bezeichnen?«

Herr Würmer, fragen Sie männliche Interviewpartner auch, ob die sich für starke Männer halten? Oder ist das nur bei Frauen relevant, weil die normalerweise so schwach sind, dass »starke Frau« als Ausnahmeerscheinung ein diskussionswürdiges Phänomen abgibt?

»Frau Zeh, warum werden Sie in der Presse so oft als Streberin bezeichnet, und stört Sie das?«

Herrgottsakra, Herr Würmer, woher soll ich wissen, warum das so ist? Vielleicht, weil man in diesem Land keinen Erfolg haben darf, ohne sich verdächtig zu machen? Fragen Sie doch Ihre Kollegen! Und im Übrigen – selbstverständlich stört mich das. »Streberin« ist als Beleidigung gemeint und wird von mir auch so verstanden. Die korrekte Antwort darauf könnte eigentlich nur von einem Sekundanten überbracht werden, Treffpunkt sechs Uhr früh auf einer nebligen Lichtung, der Journalist wählt die Waffen. Leider ist dieser schöne Brauch seit einiger Zeit verboten. Andererseits – die meisten Ihrer Kollegen wären vermutlich ohnehin nicht satisfaktionsfähig.

»Frau Zeh, warum schreiben Sie politische Romane?«

Heidewitzka, Herr Würmer, da haben Sie sich aber mächtig weit aus dem Fenster gelehnt. Nicht nur bei Google die Kurzzusammenfassung gelesen, sondern gleich den ganzen Wikipedia-Eintrag aufgemacht. Die Frage klingt nicht dumm. Ist sie aber. Überlegen Sie mal, Herr Würmer, was soll denn ein politischer Roman überhaupt sein? In den letzten Jahren wird doch jeder Text als »gesellschaftlich relevant« gehandelt, der nicht nur von den Partygewohnheiten einer Berliner WG oder den erotischen Bedürfnissen 82-jähriger Männer handelt. Jede Geschichte, welche die persönlichen Sorgen der Hauptfigur in einen etwas größeren Rahmen stellt, wird gleich der politischen Literatur zugeschlagen. Eine schlichte Umdekorierung, die mühsam darüber hinwegtäuscht, dass das Regal mit echten politischen Texten ziemlich schmal geworden ist. Seit im 19. Jahrhundert das Soziale in den Roman kam, ist Realismus im Grunde die einzige Form, unter deren Bedingungen Literatur in Deutschland geschrieben und rezipiert wird. Auf diese Weise haben wir uns die Gesellschaftskritik zum integralen Begleiter der Schreibkunst und den Schriftsteller zum Zwangsvisionär gemacht. An diesem Zusammenhang, an dieser vielleicht nicht notwendigen, aber zur eingefleischten Gewohnheit gewordenen Prämisse reibt sich die professionelle Literaturbeobachtung nun ausgerechnet in einem Jahrzehnt, in dem sich die meisten Autoren ausdrücklich von der Politik verabschiedet haben.

So genau wollten Sie es natürlich gar nicht wissen, lieber Herr Würmer, aber zur Strafe wird es sogar noch genauer. Die politischen Romane, nach denen Sie fragen, kommen in der zeitgenössischen Literatur kaum noch vor. Das liegt unter anderem daran, dass das aktuelle Literaturverständnis Kunst und Kitsch streng voneinander trennt. Während Literatur Kunst sein will, kommt Politik nicht ohne Kitsch aus. Literatur ist *per definitionem* eine vieldeutige Angelegenheit. Sie überlässt es dem Leser, einen Weg durch das Bedeutungsgebäude zu finden. Irrtum, Missverständnis, Aneinandervorbeireden sind keine Fehler, sondern der Bereich, in dem sich das Kunstvolle des Textes, seine Vielstimmigkeit und Vieldeutigkeit entfalten kann.

Kitsch hingegen ist eindeutig. Er setzt auf schlichte Symbolik und berechenbare Effekte. Und genau diese Eindeutigkeit ist für das Politische unverzichtbar. Wer sich politisch äußert, kann es sich nicht leisten, missverstanden oder auch nur abweichend gedeutet zu werden. Geübte Autoren mögen sich zutrauen, beim politischen Schreiben die durch Eindeutigkeit erzeugten ästhetischen Verluste durch besonders kunstvolle Gestaltung auszugleichen. Bei einem solchen Balanceakt ist das Risiko des Scheiterns aber ziemlich hoch. Ich selbst habe mich erst einmal im Leben an einen politischen Roman gewagt. Er heißt *Corpus Delicti* und war zunächst ein Theaterstück, was das Finden einer adäquaten Form erheblich erleichtert hat.

Der Begriff »gesellschaftlich relevant« ist in diesem Zusammenhang eine bloße Tautologie, denn gesellschaftlich relevant ist Literatur sowieso, völlig unabhängig von ihrem Inhalt. Echte politische Literatur liegt nur dann vor, wenn der Autor beim Schreiben ein konkretes politisches Ziel verfolgte. Wenn ich über eine Reise durch Bosnien-Herzegowina schreibe, wird der Text zwangsläufig als politisch aufgefasst, weil in Bosnien Krieg war und Krieg ohne Zweifel ein politisch relevantes Ereignis darstellt. Ich habe jedoch lediglich meine subjektiven Eindrücke von Land und Leuten wiedergegeben – ein impressionistisches Verfahren, das zum Miterleben einlädt und nicht zum Transport von Botschaften oder Meinungen geeignet ist, weshalb ich diesen Text nicht als politisch bezeichnen würde.

Kritisiere ich nun aber in einem anderen Text das Verhalten der internationalen Organisationen in Bosnien, oder lässt sich ein anderer Autor über die Schuldfrage in Bezug auf serbische Kriegsverbrecher aus, dann sind diese Äußerungen ohne Zweifel politisch, weshalb es beim Aufkommen von Gegenwind auch nicht legitim erscheint, sich darauf zu berufen, es habe sich »nur« um Literatur gehandelt. Das ist der Anteil Verantwortung, den das Politisch-Sein mit sich bringt. Dehnt man den Begriff des Politischen hingegen so weit aus, dass am Ende alles und nichts darunter fällt, wird *Axolotl Roadkill* zum politischen Manifest und das Parteiprogramm der CDU zu Literatur.

Damit haben Sie, lieber Herr Würmer, ein todsicheres Rezept zum Erkennen von politischer Literatur, falls Sie sich innerhalb des Fachmagazins R-Post auf diesen Bereich spezialisieren wollen. Fragen Sie den Schriftsteller nicht, warum, sondern *ob* er politische Romane schreibe. Auf diese Weise entfällt dann auch gleich der Wirbel um die Figur des »politischen Autors«, den das Feuilleton alle Jahre wieder veranstaltet. Es gibt überhaupt keine politischen Autoren. Es gibt politische Menschen und politische Texte. Gewährt man einem politischen Menschen die Möglichkeit zur Veröffentlichung, ist die Wahrscheinlichkeit hoch, dass früher oder später auch mal ein politischer Text dabei herauskommt. Dadurch wird jedoch das Politische nicht zur Funktion der Autoreneigenschaft, und auch nicht alles, was dieser Mensch schreibt, zu politischer Literatur.

Um dem Ausschließlichkeitsverhältnis von Literatur und Politik zu entgehen, wird ein zeitgenössischer Autor, wenn ihn das Sendungsbewusstsein packt, regelmäßig nicht zur Form des Romans, sondern zum Essay greifen. Danach wird er auf Nachfrage gern bereit sein zu erklären: Ja, dies ist ein politischer Text. Ganz einfach und frei von Missverständnissen.

So viel dazu, lieber Herr Würmer. Zu Frage vier und fünf kommen wir dann in den nächsten Tagen, falls Sie bis dahin nicht meine Mailadresse blockiert haben.

Viele Grüße,
Juli Zeh

Alter Schwede,

der erste Satz – ein Mythos. Der Autor sitzt vor der leeren Seite, starrt darauf, hebt die Hände über die Tastatur seiner Schreibmaschine, lässt die Hände wieder sinken. Steht auf, geht in die Küche, macht sich einen Kaffee. Kehrt an die Schreibmaschine zurück. Trinkt an der Tasse. Verbrennt sich die Lippen. Flucht. Hebt die Hände über die Tastatur – und diesmal schreibt er etwas. Klapper-klapper. Wir sehen nicht was, aber wir wissen: Es ist der erste Satz. Der Autor bricht ab, liest, was er geschrieben hat, flucht. Reißt die Seite aus der Schreibmaschine, knüllt sie zusammen, wirft sie auf den Boden. An dieser Stelle könnte bei Bedarf ein Filmtitel eingeblendet werden: »ZEITARBEIT – Realität, Relativität und Roman«. Oder: »TREIDEL – nach einem Roman von Juli Zeh«.

Natürlich eignen sich erste Sätze wunderbar für den Deutschunterricht. Sie lassen sich auf den germanistischen Objektträger klemmen und ausgiebig mikroskopieren. Einmal habe ich selbst als Gastdozentin am Literaturinstitut eine Seminarsitzung über erste Sätze abgehalten und dabei literaturtheoretisches Wissen abgesondert, das ich mir vorher draufgeschafft hatte. Die *In-nuce*-Theorie: Der erste Satz soll den ganzen folgenden Roman in sich enthalten wie eine Nuss den künftigen Baum. – Wenn's weiter nichts ist! Hat sich jemals ein Deutschlehrer gefragt, ob Nüsse tatsächlich Miniaturversionen künftiger Bäume enthalten? Oder ob der Zusammenhang nicht doch ein wenig komplexer ist? Nachdem ich meine Studenten eine Stunde lang mit diesem Unsinn eingeschüchtert hatte, habe ich mich geschämt.

Das Besondere am ersten Satz ist, dass er am Anfang steht. Diese herausgehobene Position lädt ihn ganz von selbst mit Bedeutung auf. An zeitgenössischer Lyrik lässt sich das bisweilen studieren. Nimm eine Folge von Wörtern und schenke ihnen eine eigene Zeile – sie werden aphoristisch erstrahlen, geheimnisvoll orakeln, vor versteckter Botschaft sprühen. Ein ganzes Gedicht erschaffst du, indem du einen Satz nimmst, die Interpunktion weglässt und die Zeilenbrüche kontraintuitiv setzt. Falls dich jemand danach fragt, antwortest du, dass du auf diese Weise versteckte Bedeutungsschichten freilegst.

hat sich jemals ein deutsch
lehrer gefragt
ob nüsse tat
sächlich künftige
bäume enthalten

Beim ersten Satz wirkt das gleiche Prinzip. Der Roman beginnt, im Hintergrund setzt sich die Interpretationsmaschine mächtig brummend in Gang.

TREIDEL
Roman von Juli Zeh
Erstes Kapitel
Er lässt die Hände sinken. Steht auf, geht in die Küche, macht sich einen Kaffee.

Wenn das mal nicht *in nuce* ist! »Er lässt die Hände sinken« ist nicht nur eine Metapher für die Verzagtheit der Hauptfigur. Der Satz verweist auf den Zeitgeist des frühen 21. Jahrhunderts, welcher sich auf den folgenden Seiten als Meta-Thema des Romans »Treidel« offenbart. Treidel ist der textgewordene Prototypus einer Epoche, in welcher der Verlust objektiver Wahrheiten zu einer tiefen Verunsicherung über geltende Werte und Prinzipien geführt hat. Eine Grundstimmung von Orientierungslosigkeit hat weite Teile der Bevölkerung erfasst. Autoritätenabbau, Dekonstruktion von Ideologien und Religionsverlust haben den Menschen frei, aber hilflos zurückgelassen. Umgeben von Möglichkeiten fühlt er sich plötzlich unfähig, Entscheidungen zu treffen. Ihm sind die Leitbilder abhandengekommen. Besonders der weiße, männliche Hetero-Mann leidet unter dem Verlust seiner traditionellen Rolle. Wie soll er tatkräftig, entschlussfreudig, produktiv sein, wenn er nicht einmal weiß, was »Mann-Sein« im 21. Jahrhundert noch bedeutet? »Erfinde dich selbst und sei dann du selbst«, lautet der paradoxe Imperativ des Informationszeitalters. Die Auswirkungen gleichen einer geistigen Querschnittslähmung. Statt optimistisch in die Zukunft zu schauen, die eigenen Chancen kreativ zu nutzen und die Erlaubnis zur Selbsterfindung als Glück zu begreifen, sitzt der moderne Mensch vor dem eigenen Leben wie das Kaninchen vor der Schlange. Was hat er von der Welt zu erwarten? Was erzählen ihm Politik und Medien tagein, tagaus? Die Gesellschaft ist überaltert, Gesundheits- und Rentensysteme stehen vor dem absehbaren Bankrott. In den wenigen Jobs, die es noch gibt, müssen immer weniger Menschen für immer weniger Geld immer mehr arbeiten. Der Staat häuft gewaltige Schuldenberge an, die von kommenden Generationen zu tragen sind. Ohne grundlegende Änderungen im Finanz- und Wirtschaftssystem bleiben künftige Finanz- und Wirtschaftskrisen absehbar – und von grundlegenden Änderungen keine Spur. Wenn erst einmal alle Chinesen Auto fahren, bricht das Ökosystem zusammen. Gleichzeitig gehen die Ölreserven zu Ende, was zum Ausbruch von Verteilungskriegen führen wird. Die Klimaerwärmung erzeugt Überschwemmungen und Verwüstungen in weiten Teilen der Welt; kriegerische Völkerwanderungen werden die Folge sein. Die Globalisierung legt über kurz oder lang unsere sozialen Sicherungssysteme in Schutt und Asche, weil wir uns an Länder anpassen müssen, die keinen Kündigungsschutz und keine Lohnfortzahlung im Krankheitsfall kennen. Zu allem Überfluss unterwandert der gewalttätige islamistische Terrorismus die westliche Hemisphäre, während immer häufigere und heftigere Naturkatastrophen zerstören, was von der westlichen Zivilisation noch übrig ist.

Stellvertretend für eine ganze Generation geht Karl Treidel vor der Aufgabe in die Knie, seine persönlichen Krisen zwischen Bankenkrise, Finanzkrise, Klimakrise, Energiekrise, Bildungskrise, Eurokrise, Rentenkrise und Nahostkrise unterzubringen. Abend für Abend setzt man ihm um 20 Uhr für eine Viertelstunde den bevorstehenden Untergang des Abendlandes auseinander, gepaart mit der Unfähigkeit der Politiker, diesen zu verhindern. Währenddessen klammert er sich an die ganz private und ein bisschen peinliche Hoffnung, es möge am Ende trotzdem alles so bleiben, wie es ist. Weitermachen. Sein ganzes Leben besteht nur aus Weitermachen. Ein großes Abhaken von Stunden, Tagen, Aufgaben. Obwohl ihm die Zukunft als Erfüllungsort der Katastrophe erschien, kämpft er sich zäh durch die Schützengräben der Gegenwart. Ein Soldat, der den Glauben an den Sieg verloren hat und sich ausschließlich fürs eigene Überleben interessiert. Er desertiert nicht, weil er nicht weiß, wohin. In einer Welt ohne Unterschiede gibt es kein Exil.

Treidels Exil ist die Weigerung, erwachsen zu werden. Die konsequente Behauptung, für das, was ist und sein wird, keine Verantwortung und schon gar nicht Schuld zu tragen. Treidel baut kein Haus, pflanzt keinen Baum, heiratet keine Frau, zeugt kein Kind. Er zieht sich nicht einmal anständig an, weil man Hemden bügeln und Anzüge in die Reinigung bringen müsste. Er hat keinen Führerschein, weil ein Auto viel zu viele Verpflichtungen mit sich bringt. Was, wenn der Wagen kaputtgeht? Irgendwo liegen bleibt? In die Werkstatt muss? Wer kümmert sich darum? Wie soll der Mensch in einer zu groß gewordenen, zu kompliziert gewordenen, unverständlichen und unbeherrschbaren Welt überhaupt noch für irgendetwas zuständig sein?

Treidel lässt die Hände sinken. Steht auf, geht in die Küche, macht sich noch einen Kaffee. Kehrt an die Schreibmaschine zurück. Trinkt an der Tasse. Verbrennt sich die Lippen. Flucht. Hebt die Hände über die Tastatur – und diesmal schreibt er etwas. Er schreibt: TREIDEL, Roman von Karl Treidel. Erstes Kapitel: Er lässt die Hände sinken.

Voilà. Abrakadabra, Simsalabim.
Juliette

Sehr geehrter Herr Würmer von der R-Post,

willkommen zurück bei Ihrem Fortsetzungskurs *Politische Literatur*, den wir nach den Erkenntnissen unserer letzten gemeinsamen Lerneinheit umbenennen sollten in »Geistige Produkte von politischen Menschen, die Autoren sind und deshalb gelegentlich Texte schreiben, welche politisch sein können, aber nicht müssen«.

Heute beschäftigen wir uns mit der Frage, warum sich ein zeitgenössischer Autor überhaupt berufen fühlen sollte, am politischen Geschäft, das doch gemeinhin als schmutzig gilt, in Form von Meinungsäußerungen teilzunehmen. Und warum lassen sich Zeitungen dazu herab, diese Meinungsäußerungen zu drucken? Was kann ein Schriftsteller innerhalb der von »Experten« betriebenen Meinungsmaschine leisten, wenn er für sich nur in Anspruch nehmen kann, ein Experte für alles und nichts, für Gott und die Welt, für Menschliches und Allzumenschliches zu sein?

Damit kommen wir zur vierten Ihrer rekordverdächtig beknackten Interviewfragen.

»Frau Zeh, steht hinter Ihrer politischen Einmischung eine mediale Strategie?«

Kruzitürken, Herr Würmer, Sie glauben also, dass mir irgendein Image- oder Corporate-Identity-Consultant dazu geraten habe, die »Marke Juli Zeh« als eine politische zu »etablieren«? Als gehirngewaschener Sklave des kommerziellen Meinungsbetriebs kommen Sie gar nicht auf die Idee, dass jemand einfach sagen könnte, was er für richtig hält, ohne dabei in Vermarktungskategorien zu denken. Vermutlich gehen Sie auch davon aus, dass ein Autor an politischen Talkshows teilnimmt, weil er danach 10 000 Bücher verkauft. Schließlich sind Fernsehzuschauer ja williges Kaufvieh, das alles, was auf dem Bildschirm gezeigt wird, sofort im Internet bestellt, sogar eine Autorin, leichte Gebrauchsspuren, aber noch einigermaßen funktionsfähig.

Leider, oder vielleicht eher: Gott sei Dank ist Bücherverkaufen nicht so einfach und der Leser weniger dumm, als Sie annehmen. Ich habe sogar schon gehört, dass politisches Engagement für die Verkäuflichkeit von Romanen eher schädlich sei. Auch eine interessante Diagnose. So sehr in den Feuilletons nach einer Renaissance der politischen Literatur oder des politischen Schriftstellers geweint wird, so wenig stößt die Manifestation in Fleisch und Blut bzw. Papier und Druckerschwärze auf Gegenliebe. Da kommen Verlagsleute von

Pressereisen zurück und berichten, dass es immer schwerer werde, Journalisten und Kritiker für einen neuen Roman zu interessieren; nicht etwa, weil ihnen das Buch nicht gefiele, sondern weil die Autorin »nerve«, weil sie »überpräsent« sei, sich »überall einmischen« müsse, dadurch ihr »Image als Literatin« beschädige und einem die Lust verderbe, den neuen Roman zu lesen, geschweige denn zu besprechen. Anscheinend sitzen echte Schriftsteller in der Vorstellungswelt mancher Kritiker eben nicht in Talkshows, sondern still und einsam im ofenbeheizten Kämmerlein, während sie, beseelt von genialischer Inspiration und Rotwein, Kanonisierbares in die Schreibmaschine hacken. Was ihre Kollegen allerdings nicht daran hindert, einmal pro Woche anzurufen, weil irgendeine Zeitungsseite möglichst kostengünstig mit Statements zum Thema »Wie finden Sie Peer Steinbrück?« gefüllt werden soll. Dann sind sie tödlich beleidigt, wenn man darum bittet, in Ruhe gelassen zu werden.

Dieser Umgang mit politischen Äußerungen, nicht durch inhaltliche Auseinandersetzung, sondern durch geschmeidiges Hin-und-her-Wechseln zwischen »Sagen Sie etwas zu Peer Steinbrück« und »Es nervt, dass Sie etwas zu Peer Steinbrück gesagt haben«, ist symptomatisch für die Lage des Politischen in unserem Land. Offensichtlich mussten sich die Menschen so sehr daran gewöhnen, hinter jeder politischen Äußerung eine mediale oder ökonomische Strategie zu vermuten, dass sie verlernt haben, eine Meinung als solche zu rezipieren und vielleicht sogar darauf zu erwidern. Entsprechend ist es ja auch nicht mehr wichtig, was man in einer Talkshow sagt, sondern nur, wie man rüberkommt.

Womit die Frage, warum ich und einige andere Autoren es für wichtig halten, sich am politischen Diskurs zu beteiligen, bereits beantwortet wäre: genau deshalb.

In unserer heutigen Gesellschaft zerfällt das Politische zusehends in Administration und Showbusiness. Alternativlose Sachzwangverwaltung auf der einen, Spektakeljournalismus auf der anderen Seite. Eine Konstellation, innerhalb derer immer weniger Raum für ernsthafte Auseinandersetzung bleibt. Das Informations- und Meinungsgeschäft ist zu einer Industrie geworden, die vielen Interessen dient, hauptsächlich jenen von Leuten, die etwas verkaufen wollen – ein Produkt, eine Idee, Expertise, sich selbst oder, *last but not least*, die jeweilige Zeitung oder Fernsehshow.

Vermutlich erfahren Sie, lieber Herr Würmer, täglich am eigenen Leib, wie hoch der ökonomische Druck ist, unter dem die Presse steht. Beknackte Interviewfragen wie die Ihren zeugen davon. Redaktionelle Beiträge werden kaltlächelnd an Anzeigenkunden verkauft. In Ermangelung zeitlicher und personeller Ressourcen sind Journalisten gezwungen, immer flüchtigere Arbeit abzuliefern. Und die große Angstformel »Warum haben die das im Blatt und wir nicht?« bringt den Medienbetrieb dazu, wie eine aufgescheuchte Herde von einer Sensations- oder Katastrophenmeldung zur nächsten zu hetzen. Pluralismus und Meinungsvielfalt verwandeln sich in eine homogene Stampede. Der Hype ersetzt den Dialog, die Kampagne den Streit. Selbst der gebührenfinanzierte öffentliche Rundfunk hängt wie ein Intensivpatient am Quotentropf. Fernsehprogramme und Magazine versuchen, sich gegenseitig durch Niveausenkungen zu unterbieten, immer ausgehend von der seltsamen These, das deutsche Volk habe in den letzten drei Jahrzehnten einen so massiven kollektiven Intelligenzverlust erlitten, dass es nun leider nicht mehr in der Lage sei, sich länger als drei Minuten auf ein Thema zu konzentrieren.

Nun denken wir uns inmitten dieser gehetzten Glanz-und-Gloria-Maschine, zwischen Sensations-Fließbändern, Katastrophen-Stanzen und Kampagnen-Fertigungsstraßen einen kleinen Schreibtisch, beleuchtet von einer einzelnen Messinglampe mit grünem Schirm. In ihrem Schein sitzt der gute alte Schriftsteller, rückt seine Nickelbrille zurecht, trinkt seinen Rotwein aus und hebt die Finger über die Tasten der Schreibmaschine. Er hat keine Kommunikations-Management-Schule besucht. Er besitzt keine Anzeigenkunden, keinen Chefredakteur, keine Einschaltquote – dafür jede Menge Zeit. Für PR-Spezialisten, Lobby-Fachleute und Image-Berater ist er aufgrund mangelnder Bedeutung uninteressant. Er wird weder von einem Institut für Klimaforschung noch von einer politischen Stiftung oder der Pharmaindustrie finanziert. Er ist kein Berufspolitiker, kein Berufsjournalist, kein Berufskommunikator, kein Berufsexperte. Deshalb verfügt er auch nicht über spezielle Insider-Informationen oder besonderes Fachwissen. Er sitzt einfach da, strengt seinen Verstand an, recherchiert und schreibt einen Beitrag, sagen wir, über den Zustand der deutschen Medienbranche.

Der Autor besitzt also den seltenen Fall einer unabhängigen Stimme. Er denkt und spricht als normaler Bürger. Die Subjektivität seines Blicks ist nicht, wie manche meinen, ein Zeichen für fehlende Legitimation zum Mitreden. Eine solche Legitimation ist in einem Land, das sich der Meinungsfreiheit verpflichtet hat, gar nicht erforderlich. Diese Subjektivität ist vielmehr Ausdruck der Tatsache, dass der Schriftsteller und seine Auffassung niemandem gehören, was in einem System, in dem nicht nur Dinge, sondern auch Menschen und Meinungen immer jemandem gehören, einen Wert an sich darstellt.

Das politische Mitreden von Autoren ist wichtig, um den frei schwebenden Dilettantismus gegen die alles verschlingende Professionalisierung des gesellschaftlichen Diskurses zu verteidigen. Die Leserreaktionen auf Beiträge, die mehr als eine Spalte füllen und über tagesaktuelles Wiederkäuen von dpa-Meldungen hinausreichen, stützen diese These. Die Leute spüren, dass das Feld politischer Mitwirkung zwischen den zusammenrückenden Fronten aus Administration und Show-Business immer schmaler wird. Manch einer hat genug davon, das Selberdenken von morgens bis abends an Wirtschaftsexperten, Rentenexperten, Gesundheitsexperten, Terrorismusexperten und Wetterexperten zu delegieren, immer mit der Behauptung, dass »heutzutage« ja alle politischen Fragen so »komplex« geworden seien, dass ein Normalmensch sie gar nicht mehr verstehen könne. Als hätte sich die Politik vor fünfzig Jahren immer nur zwischen Kaffee und Tee entscheiden müssen.

Die Delegation von kritischem Bewusstsein an die Befugten der Expertokratie ist heutzutage wahrscheinlich die häufigste Form von selbstverschuldeter Unmündigkeit. Aber nicht alle Bürger fühlen sich wohl als Teil einer verwalteten und bespaßten Herde. Sie entwickeln eine Sehnsucht danach, nicht länger nur als infantile Konsumenten behandelt zu werden, für die man auf jede Keksdose schreiben muss, dass man die Verpackung nicht mitessen darf. Sie wollen als denkende Menschen angesprochen werden und empfinden ein Unbehagen angesichts der Verwandlung von Politik in Kommunikationsmanagement. Eine Beklommenheit, die größtenteils noch diesseits der Wutschwelle liegt und unter dem Titel »Politikverdrossenheit« ebenso ausgiebig wie ergebnislos durch die Diskursmühle gedreht wird.

Vielleicht kennen Sie das Gefühl: wie sich Beklommenheit beim Lesen eines guten Essays schlagartig in Euphorie verwandelt. Welche Erleichterung es darstellt, wenn sich ein Text nicht vor der angeblichen Dummheit der Leser verbeugt. Wenn um des Nachdenkens willen nachgedacht wird. Es gibt nichts Schlimmeres, als mit den eigenen Meinungen allein zu sein. Mangelnder Meinungsaustausch führt zu geistiger Verstopfung und in letzter Konsequenz in den Wahnsinn. Vernimmt man in einer solchen Situation der Meinungseinsamkeit plötzlich eine weitere Einzelstimme, sei es in einem unabhängigen Zeitungskommentar, sei es auf einer Theaterbühne oder in der öffentlichen Äußerung eines Künstlers, kommt dieses Erlebnis einer Wunderheilung gleich. Plötzlich geht der Atem wieder frei. Woran das liegt? Wer ganz allein eine Auffassung vertritt, steht in der Pflicht, am eigenen Verstand zu zweifeln: »Es kann nicht sein, dass die ganze Welt verrückt ist – also muss ich es sein.« Normalität ist eine Absprache von mindestens zwei, am besten zwischen erheblich mehr Personen. Eine Gesellschaft, die nur eine Normalität kennt, ist totalitär. Wir brauchen möglichst zahlreiche, möglichst unterschiedliche, sich überlagernde, changierende Normalitätsabsprachen, ein wahres Schichtenmodell aus Normalitäten, um es möglichst vielen Menschen zu ermöglichen, sich einigermaßen geistig gesund zu fühlen. Der Mainstream hat es aber nun einmal an sich, dass er Vielfalt eliminiert, eine einzige, berechen- und adressierbare Normalität herstellt und damit eine wachsende Zahl von Einzelwesen geistig allein lässt. Nicht ganz zufällig stammen wahrhaft unabhängige Beiträge häufig von unabhängigen Menschen. Deshalb braucht der Diskurs Philosophen, Soziologen, Schriftsteller, auch Abgeordnete, welche die Unabhängigkeit ihres Mandats tatsächlich als Aufforderung zum unabhängigen Denken begreifen, kurz: Menschen, die als Einzelwesen außerhalb des medialen Wanderzirkus stehen und deshalb den entsprechenden Mechanismen nicht oder nur begrenzt unterworfen sind.

Aus dieser Erkenntnis ergibt sich beinahe zwangsläufig der Wunsch, wenn nicht sogar die Pflicht, die künstlerische Freiheit als Plattform für gelegentliche Anmerkungen zum politischen Geschehen zu nutzen. Nicht weil man klüger wäre als die hauptberuflichen Journalisten und schon gar nicht besser informiert. Sondern weil die Arbeitsbedingungen des Schriftstellers eine andere Art der Auseinandersetzung ermöglichen.

Weil Sie, Herr Würmer, eine derart ausführliche Mail aus Zeitmangel natürlich gar nicht lesen können und nach den ersten fünf Zeilen mit Scrollen angefangen haben, erwartet Sie hier unten eine Kurzzusammenfassung: Weil Leute wie Sie eine derart ausführliche Mail aus Zeitmangel nicht lesen können und nach den ersten fünf Zeilen mit Scrollen anfangen, ist es wichtig, dass sich Autoren am politischen Diskurs beteiligen.

Viele Grüße,
Juli Zeh

Alter Schwede,

jetzt lass mir doch meinen Zynismus. Mich provozieren nun einmal alle Versuche, der Literatur einerseits etwas Technisch-Strategisches anzuhängen, ohne andererseits auf den Sockel des Genialisch-Göttlichen verzichten zu wollen. Der Mythos vom ersten Satz ist dafür das perfekte Beispiel.

Aber Spaß beiseite. Natürlich ist »Er lässt die Hände sinken« nicht unser erster Satz. Das war einfach nur so dahingeschrieben. Nicht, weil sinkende Hände prinzipiell ungeeignet wären, sondern weil sie nicht zur Perspektive passen. Weil Alice unseren Treidel zu Beginn der Geschichte noch nicht persönlich kennt, kann sie ihn nicht an der Schreibmaschine sehen, mal abgesehen davon, dass Treidel natürlich nicht auf einer Schreibmaschine, sondern auf einem Apple-Notebook schreibt. Alice könnte ihn sich höchstens dabei *vorstellen*, wie er an der Schreibmaschine sitzt und die Hände in den Schoß sinken lässt. Dem Leser gegenüber würde sie dann zunächst einmal Allwissenheit vulgo Auktorialität simulieren und ein Verwirrspiel um die eigene Erzählerpersönlichkeit veranstalten, indem sie den armen Treidel ein wenig an der Leine ihrer Phantasie spazieren führt. Nach einer beliebigen Anzahl von Zeilen oder Seiten müsste sie dann enthüllen, dass es ein Ich hinter Treidel gibt, eine Chronistin, die sich, ähnlich wie der Erzähler von Don Quijote, als zutiefst unzuverlässig präsentiert, indem sie gleich zu Anfang klarstellt, dass sie den Leser hemmungslos auf den Arm nimmt, dass es also schwierig werden wird zu entscheiden, was wirklich passiert und was sie sich ausdenkt.

Der Wechsel von Pseudo-Auktorialität ins unzuverlässige Ich funktioniert durch eine schlichte Rochade: »Natürlich habe ich Treidel niemals an seiner Schreibmaschine gesehen. Aber ich stelle ihn mir vor«, welche man zur Steigerung der Literarizität ein wenig ausschmücken kann: »Natürlich habe ich Treidel niemals an seiner Schreibmaschine gesehen, was zum einen daran liegt, dass er nicht auf einer Schreibmaschine, sondern auf einem Notebook tippt, und zum anderen daran, dass ich noch nicht in seiner Wohnung gewesen bin. Aber wenn ich an ihn denke, sehe ich ihn an dieser Maschine, und so sehr ich mich auch anstrenge, das altmodische Gerät durch etwas Zeitgemäßes zu ersetzen – die Schreibmaschine erweist sich als hartnäckig und bleibt. Vielleicht ist das Treidels verborgenes Wesen: laut klappernd an der Maschine zu sitzen, plötzlich innezuhalten, die Seite herauszureißen und zerknüllt auf den Boden zu werfen.« Damit hätte man gleich noch einen Metakommentar zu der Frage, ob Erzählen nur eine poetische Art der Faktenwiedergabe ist oder doch tiefere Wahrheiten enthüllt.

Grundsätzlich habe ich gegen eine unzuverlässige Alice nichts einzuwenden. Ich mag erzählende Illusionisten. Sie passen zu unserem Weltbild, das die Wirklichkeit doch eher als eine Schichtung von subjektiven Perspektiven, Erzählungen und Erfindungen betrachtet denn als allgemeinverbindliche Angelegenheit. Aber wenn Alice so einsteigen würde (»Treidel lässt die Hände sinken«), dann müsste sie ihn bereits kennen gelernt haben. Vielleicht sogar schon recht gut kennen. Die ganze Vorgeschichte – Alice' Umzug nach Berlin, die Entscheidung, ein neuer Mensch zu werden und sich zu diesem Zweck von einem Schriftsteller ein frisches Ich erzählen zu lassen, die Begegnung mit Treidel und die Fixierung auf ihn – müsste in Rückblenden nachgereicht werden. Ich mag keine Rückblenden. Oft genug sind sie unvermeidlich. Aber es zwingt einen ja niemand, so spät in eine Geschichte einzusteigen, dass automatisch die Hälfte des Stoffs zur Rückblende wird.

So weit die Theorie. Jetzt die Praxis. Ich muss grinsen, bereits wissend, was sich am Ende als Anfang ergeben hat.

Einen wichtigen Teil meiner Arbeit erledige ich vor dem Einschlafen. Vor allem dann, wenn ich im Bett liege und nicht schlafen kann oder glaube, nicht schlafen zu können. Dann knipse ich das Licht aus, drehe mich auf die Seite und denke ans Schreiben. An den aktuellen Text, den ich verfassen muss oder will. Das ist nichts anderes als eine Einschüchterungspraxis. Ich bedrohe mein Gehirn: Entweder, du schaltest dich jetzt sofort aus, oder du musst die halbe Nacht an Treidel denken. Manchmal klappt das so gut, dass ich nach fünf Minuten weg bin. Wenn nicht, habe ich die Zeit wenigstens sinnvoll genutzt. So verwandelt man latente Schlafstörungen in eine Win-win-Situation.

Viel brauche ich nicht dazu, im Grunde nur eine

Figur. Wir haben Treidel, er ist männlich und Anfang vierzig. Narziss, Hypochonder. Zu gleichen Teilen ehrgeizig und faul, was eine fatale Mischung ergibt. Verzagt und die Verzagtheit als Überlebenskünstlertum tarnend. Angeblich urban und trotzdem selten jenseits der Grenzen des eigenen Stadtviertels gesichtet. Ein Großstadtprovinzieller, der Zynismus mit Weltgewandtheit verwechselt. Alice heftet sich an seine Fersen, damit er eine Geschichte über sie schreibt, und stattdessen schreibt sie eine Geschichte über ihn, falls die Geschichte, die wir lesen, nicht doch die von Treidel über Alice ist. Mit der Zeit findet Alice heraus, dass Treidel nicht etwa vom Schreiben lebt, sondern finanziell von seiner Mutter unterstützt wird, die ihn abgöttisch liebt. In seinem Elternhaus in, sagen wir, Hannover gibt es noch immer ein Jugendzimmer, das Treidel regelmäßig bezieht, wenn er seine Mutter besucht. In den Regalen stehen Modellflugzeuge neben *Der kleine Vampir*. Treidels Thema, das, was ihn wirklich ausmacht, ist Angst. Genauer gesagt, Todesangst – eine logische Folge der transzendentalen Obdachlosigkeit.

So weit die Grundlagen. Um vor dem Einschlafen an Treidel denken zu können, muss er noch irgendwie aussehen. Ein Großteil des Äußeren ergibt sich aus dem Subtraktionsprinzip. Er darf auf keinen Fall aussehen wie du. Und natürlich auch nicht wie Hans-Ulrich Treichel. Folglich ist Treidel mit seinen Anfang vierzig ein wenig füllig. Wenn er entspannt sitzt, ruht die untere Hälfte des Gesichts direkt auf dem Brustbein, als hätte er keinen Hals. Sein Fünf-Tage-Bart ist dem Realismus geschuldet – glatt rasiert wäre unglaubwürdig. Weil Anzug und Hemd zu aufwendig wären, Jeans, T-Shirt und Turnschuhe aber zu banal, trägt Treidel ungebügelte Stoffhosen in Beige oder Schwarz, im Winter Cord, dazu ein schlichtes Sakko und Pulli, im Sommer Leinenhemden. Auch wenn es auf den ersten Blick nicht so scheinen mag – seine Klamotten wählt Treidel mit Bedacht und gibt Geld dafür aus, das er gar nicht hat. Der revolutionäre Glamour des Prenzlauer Bergs ergibt sich, ganz im Gegenteil zum *Großen Gatsby*, eben nicht aus Reichtum, sondern aus relativer Armut. Während Gatsby ein ehrgeiziger Aufsteiger war, ist Treidel ein ehrgeiziger Absteiger. Seine Revolte besteht darin, es nicht besser, sondern schlechter zu haben als seine Eltern. Worauf er dabei nicht verzichten kann, sind Schuhe von Crockett & Jones.

Jetzt kann ich mir Treidel vor dem Einschlafen vorstellen. Gestern Nacht knipste ich das Licht aus, drehte mich auf die Seite und zwang mein Gehirn, Treidel in eine Kneipe zu setzen. Kurz bevor ich einschlief, fiel mir der erste Satz ein: »Ich denke an Treidel, um einschlafen zu können.« Oder, weil man Sätze nicht mit »Ich« beginnen soll: »Um einschlafen zu können, stelle ich mir Treidel vor.« Ich wusste sofort: Das ist der erste Satz. Warum? Keine Ahnung. So was spürt man. Wie beim Verlieben oder Autokaufen. Wenn man zu viel darüber nachdenkt, klappt es nicht.

Der Witz, lieber Schwede, falls du nicht ohnehin schon

lachst: Dieser Satz wird Alice als unzuverlässige Erzählerin etablieren und es notwendig machen, einen Großteil der Geschichte in Rückblenden zu erzählen. Alice' Umzug nach Berlin, die Entscheidung, ein neuer Mensch zu werden und sich zu diesem Zweck von einem Schriftsteller ein frisches Ich erzählen zu lassen, die Begegnung mit Treidel und die Fixierung auf ihn. Alles schon passiert, wenn sie beim Einschlafen an Treidel denkt.

Egal. Dann ist das eben so. Schon der Name unserer Chronistin widerspricht meinem Prinzip, Figuren niemals so zu benennen, dass man im Genitiv komische Apostrophe anhängen muss. Alis-s-s-ens Umzug nach Berlin. Das ist nun einmal die anti-poetologische Wahrheit: Falls wir beim Schreiben Gesetze machen, dann nur, um dagegen verstoßen zu können.

Juliette

Lieber Herr Würmer von der R-Post,

Sie werden hocherfreut sein zu hören, dass wir uns heute dem dritten und letzten Teil unseres Belehrungsseminars zuwenden. Folgerichtig kommt somit die letzte Ihrer beknackten Fragen an die Reihe:

»Frau Zeh, warum sind außer Ihnen so wenige Autoren zu politischen Äußerungen bereit?«

Herr Würmer, bei mittelschwerem Nachdenken wäre Ihnen aufgefallen, dass Sie diese Frage besser den anderen Autoren gestellt hätten als mir. Aber ich habe ja versprochen bzw. angedroht, Antworten zu geben.

Zunächst einmal ist das Problem der Autorenschaft mit dem politischen Sprechen ein genuines. In Teil 1 unseres Lehrgangs, an den Sie sich bestimmt haarscharf erinnern, haben Sie bereits erfahren, dass Kitsch eine notwendige Funktion von Politik darstellt, während Autoren den Kitsch wie der Teufel das Weihwasser scheuen. Das wollen wir noch ein wenig auswalzen.

Wer kritisch denken will, muss ein Problem von allen Seiten beleuchten. Er räsoniert und differenziert und dialektisiert und verliert sich in rhetorischer Gerechtigkeit, bis er am Ende selbst kaum noch weiß, was er eigentlich sagen wollte. Auf diese Weise läuft der vom Schriftsteller in redlicher Mühe gedrechselte Text immer Gefahr, von Stammtischparolen übertönt zu werden. Es sind die schlichten, radikalen Standpunkte, die Beifall kriegen. Propheten der Mäßigung stehen im Spektakeljournalismus abseits. Deshalb besteht die Kunst des politischen Schreibens darin, sich genauso deutlich, aber möglichst nicht genauso hirnverbrannt zu äußern wie ein Stammtisch. Man muss durch ein gerütteltes Maß Provokation die Aufmerksamkeitsschwelle überwinden, darf dabei aber nicht so platt werden, dass man dem eigenen Anliegen schadet.

Beim Schreiben von *Angriff auf die Freiheit* war ich erstaunt, wie schwer es mir fiel, mich zu klar formulierten Positionen durchzuringen. Jeder unmissverständliche Satz klang in meinen Ohren wie eine unzulässige Verallgemeinerung, jede Zuspitzung wie schamlose Übertreibung. Plötzlich erkannte ich in aller Deutlichkeit, welche Nebenwirkungen es hat, als Kind des späten 20. Jahrhunderts nicht im Geist des »Entweder-oder« sondern des »Sowohl-als-auch« erzogen worden zu sein. So sehr ich mich zu Differenziertheit, Selbstkritik und Skeptizismus bekenne – so sehr erschwert diese Haltung das Einnehmen eines schlagkräftigen Standpunkts. Als müsste das »Meinen« im Zeitalter von Pluralität und Fragmentierung neu erlernt werden. Kurz gesagt: In die Wiege wurde uns das politische Sprechen nicht gelegt.

Hinzu kommt ein weiterer Effekt. Seit dem zweiten Weltkrieg hat unsere Gesellschaft Erstaunliches gelernt. Wir sind demokratisch geworden, toleranter, offener, kommunikativer, friedliebender, kompromissbereiter. Seltsamerweise bleibt dabei das Verantwortungsgefühl des Einzelnen für die Gemeinschaft auf der Strecke. Anscheinend fällt es dem Menschen schwer, sich als Teil von etwas Größerem zu fühlen, wenn man ihm keine ideologische, religiöse oder nationalistische Karotte vor die Nase hängt. Der Demokrat, eigentlich von Haus aus Gemeinschaftstier, entpuppt sich zunehmend als Einzelwesen, das die Welt anhand einer privaten Bedürfnis-Skala beurteilt. In diesem Zusammenhang verbirgt sich ein bislang ungelöstes Problem: Der von gesellschaftlichen Zwängen befreite Mensch neigt plötzlich zu einer politischen Egozentrik, die seiner aktiven Mitwirkung im System entgegensteht. Statt zum mündigen Bürger wird er zum Politikkonsumenten.

Natürlich wurde uns aus guten Gründen beigebracht, dass die Identifikation mit ideologischen Weltbildern das kritische Denken hemmt und in die Katastrophe führen kann. Nebeneffekt dieses Lernerfolgs ist jedoch, dass es gerade jüngeren Menschen schwerfällt, sich auch nur mit den Zielen einer politischen Partei zu identifizieren. Der Wahl-O-Mat, in dem man sich seinen politischen Speiseplan ganz individuell *à la carte* zusammensuchen kann, entspricht dem zeitgenössischen Selbstverständnis wesentlich besser als die Aufforderung, sich durch Kreuzchen zum sozialdemokratischen oder christdemokratischen Gesamtpaket zu bekennen.

Für das politische Mitreden folgt daraus: Wer sich öffentlich äußert, spricht nur für sich selbst. Anders als vor vierzig Jahren steht heute hinter dem einzelnen Intellektuellen keine applaudierende Gruppe mehr; er fühlt nicht die Nestwärme einer politischen Denkgemeinschaft. Stattdessen bläst ihm der kalte Wind der Eigenverantwortung um die Ohren. Sollte die Kampagnenmaschine beschließen, ihn zu verdauen, wird es niemanden geben, der zu ihm hält. Dass das vorkommt, haben wir in den letzten Jahren immer wieder erlebt. Während das Internet ob seiner Shitstorms gescholten wird, sind die herkömmlichen Medien längst daran gewöhnt, den Shitstorm als Kern des journalistischen Auftrags zu begreifen – auch wenn sie es anders nennen. Selbst ein mächtiger Mann wie Frank Appel, Chef der deutschen Post AG und Vorgesetzter einer halben Million Mitarbeiter, antwortet auf die Frage, warum er sich in der Öffentlichkeit nicht politisch äußert: »Warum sollte ich mich diesem Risiko aussetzen?« Kein Wunder, nachdem wir miterleben dürfen, wie Minister und Bundespräsidenten vor medialen Entrüstungs-Hypes in die Knie gehen. Wenn es ein Amt gäbe, von dem Schriftsteller zurücktreten können, wären auch Grass, Walser, Handke oder Strauß schon lange nicht mehr im Dienst. Mit diesem Bild vor Augen scheint es nicht ganz so verwunderlich, dass die jüngere, im Medienbetrieb sozialisierte Autorenschaft weitgehend auf Teilnahme am politischen Diskurs verzichtet.

Seit unser Land beschlossen hat, sich auf dem Höhepunkt von Wohlstand, Sicherheit, Gesundheit und Frieden zur Krisengesellschaft zu erklären; seit der Winter »Schneechaos«, der Sommer »Jahrhunderthitze« und starker Regen »Flutkatastrophe« heißen; seit wir hinter jeder Grippe-Erkrankung eine Pandemie wittern und Kopftücher für eine Bedrohung des Abendlandes halten, bildet der zunehmend homogene Diskurs Abwehrkräfte wie ein Immunsystem, das sich gegen Kritik am Mainstream zur Wehr setzt. Wer wollte schon riskieren, durch das Äußern von Einzelmeinungen zum Opfer einer immunologischen Abwehrreaktion zu werden? Zu gewinnen gibt es wenig, zu verlieren viel. Am Ende ist man eine lächerliche Figur, steht als Karikatur des engagierten Intellektuellen mutterseelenallein in der medialen Schusslinie und fuchtelt mit der stumpfen Lanze. Einstweilen sitzt der Politik- und Informationskonsument im heimatlichen Sessel, schaut zu und freut sich auf die nächste Abschlachtung. Je länger der Fall, desto spektakulärer der Aufschlag.

Zum Abschluss der Ausblick. Ich weigere mich zu glauben, dass wir uns ausgerechnet jetzt, in der Blütezeit von Demokratie, Aufklärung und Frieden, in eine Gesellschaft aus entertainmentsüchtigen Schein-Bürgern verwandeln. Das kann nur ein Durchgangsstadium sein. Manch einer mag aus Verunsicherung, aus Angst vor der Medienmaschine oder aus falsch verstandenem Individualismus die Politik vorübergehend zur Privatsache erklärt haben. Aber es gibt Anzeichen, dass sich der Bürgerstolz nicht ewig unterdrücken lässt. Wir werden die herumliegenden Fäden des öffentlichen Diskurses wieder aufnehmen, auf dass das große Selbstgespräch der Gesellschaft ein möglichst vielstimmiges sei.

Lieber Herr Würmer, ich wünsche viel Spaß beim Kürzen dieses Interviews. Falls Sie wieder einmal eine Frage haben, wenden Sie sich vertrauensvoll an mich.

Viele Grüße,
Juli Zeh

5

Alter Schwede,

um einschlafen zu können, stelle ich mir Treidel vor. Ich liege im Bett und zwinge mich, Treidel zu visualisieren. Wiederhole immer wieder den ersten Satz: »Um einschlafen zu können, stelle ich mir Treidel vor. Seinen schwammigen Körper, der ihn auf hundert Meter Entfernung eher wie siebzig als wie Anfang vierzig wirken lässt.«

Stopp. Das sind zu viele Zahlen. Hundert, siebzig, vierzig, und diese »wie-als-wie«-Konstruktion geht gar nicht. Da hatten wir doch schon mal etwas Besseres. Irgendetwas mit Treidels Vornamen. Ich strenge mein Gedächtnis an.

»Seine Frisur machte ihn jünger, der Vorname älter, so dass er am Ende genauso alt aussah, wie er war: 43.« Oder: »Seine Frisur versuchte, gegen die zehn zusätzlichen Jahre anzuarbeiten, die sein Vorname ihm aufbrummte.«

Dazu müssten wir allerdings seinen Vornamen kennen. Das lässt sich machen. Aber er braucht eine Frisur.

Also: »Die Haare, absichtsvoll ungeschnitten, hingen ihm weit in die Stirn. Unterhalb der Augen begann der Fünf-Tage-Bart, bedeckte Wangen und Hals, um schließlich im Ausschnitt des Pullovers zu verschwinden. Treidel hatte eine Menge Probleme. Haarausfall gehörte nicht dazu.«

Da stimmt gar nichts. »Absichtsvoll ungeschnitten« ist ziemlich sperrig, »verschwinden« kann ein Bart nicht, auch nicht im Pullover, und wenn man das Ganze zu visualisieren versucht, sieht man eher einen Orang-Utan als einen Mann. Außerdem passt der Gestus nicht zu Alice. Aber die Grundidee, dass sich Treidel hinter seinen Haaren versteckt wie ein pubertierendes Mädchen, gefällt mir ganz gut.

Nicht umdrehen. Weitermachen. Warmschreiben. Ranschreiben. Weitertreideln. Die Maschine auf Betriebstemperatur bringen.

Inzwischen bin ich eingeschlafen, wieder aufgewacht und sitze am Rechner.

»Was mir zuerst auffiel, war seine Art, beim Sitzen mit dem Stuhl zu verwachsen. Alles, was Treidel berührte, das Glas in seiner Hand, die Zigarette zwischen den Fingern, verwandelte sich in einen Körperteil. Treidel saß, als wäre Sitzen ein Beruf. Um ihn herum schien sich die Welt zu verlangsamen. Für Treidel war die Zeit kein Fluss, sondern ein stehendes Gewässer. Er hockte in einem Zeittümpel und sprach. Rings um den Tisch, der von Treidels Händen beim Sprechen getätschelt und gestreichelt wurde wie ein braves Tier, saßen sechs Personen, auf eine Art verschieden, die sie schon wieder gleich machte, und hörten ihm zu. Sie lachten, wenn es lustig wurde, schwiegen an den ernsten Stellen. Lauschende Jünger beweisen die Anwesenheit einer Gottheit. Eines geistigen Führers. Ich wollte wissen, was der füllige, behaarte Typ erzählte. Ich stieß mich von der Theke ab und trat an den Tisch.«

Spätestens an dieser Stelle stehe ich auf, gehe in die Küche, mache mir noch einen Kaffee. Oder ins Badezimmer, pinkeln, Hände eincremen, noch mal Zähne putzen. Das eigene Gesicht im Spiegel über dem Waschbecken bei zu guter Beleuchtung aus zu großer Nähe betrachten. Spätestens dann ist mir klar, dass ich auf der Welt gar nichts anderes tun kann, als Bücher zu schreiben, eine Tätigkeit, bei der mich niemand sieht. Ich kehre an den Schreibtisch zurück. Verbiete mir, die letzten Sätze zu lesen. Hebe die Hände über die Tasten, und …

Juliette

Holger,

wunderbar! Das Schöne am Zweckpessimismus ist, dass man bei Eintritt des Schadens »Siehste!« sagen kann. Bleibt der Schaden aus, freut man sich über das

Happy End. Eine klassische Win-win-Situation. Deinetwegen bin ich diesmal besonders froh, nicht recht behalten zu haben. Du fühlst dich wohl am Literaturinstitut, die Studenten mögen dich. Kein Wunder! Ich kenne niemanden, auf den das Wort »sympathisch« besser passt als auf dich. Im Vergleich zu dir bin ich eine Nörgeltante mit zu hohen Erwartungen. Womit ich nicht sagen will, dass du keine hohen Erwartungen hegst. Aber du verstehst es, sie als Geschenk zu verpacken.

Dass es bei meinem zweiten Aufspielen als Gastdozentin am DLL so schlecht lief, hing vielleicht auch mit der Wahl des Seminarthemas zusammen. Ich hatte mir vorgenommen, Romanprojekte der Studenten zu besprechen, was zunächst nichts Ungewöhnliches ist. Neu war die Idee, einen begleitenden Workshop zur Dramaturgie anzubieten.

Für mich ist Dramaturgie ein Erste-Hilfe-Koffer, den man auf einer Dschungeldurchquerung bei sich führt. Während man sich mit der Machete durch das unbeherrscht wuchernde Labyrinth kämpft, mit einem Bein im Rachen des Alligators, mit dem anderen in einem Nest giftiger Spinnen stehend, enthält der Koffer Landkarte, Verbandszeug, Gegengifte. Wer den Koffer dabei hat, stürzt sich beherzter in Chaos und Gefahren. Denn so sehr ich davon überzeugt bin, dass dem Menschen ein narrativer Orientierungssinn angeboren ist, so leicht kann dieser doch versagen, wenn man sich tief genug in den Erzähldschungel hineinbegeben hat. Selbst dem besttrainierten Navigationsorgan wird angesichts der Überfülle an Möglichkeiten schwindeln. Wer in einem solchen Augenblick nicht den Kopf verlieren will, braucht etwas, an das er sich halten kann: Dramaturgie.

Zu mir kam die Dramaturgie in Form eines schmalen Büchleins. Ein Ratgeber für Drehbuchautoren, der mithilfe von steindummen Metaphern erklärt, welchen Verlauf eine Geschichte zu nehmen habe. Die arme Hauptfigur erlebt den Ruf zum Abenteuer, durchquert den Bauch des Wals und die Drachenhöhle, begegnet dem Weisen und erlangt das Elixier, bevor sie sich der letzten Schlacht stellt und danach als veränderter Mensch in ihre alte Welt zurückkehrt.

Jeder einigermaßen zurechnungsfähige Prosaschriftsteller wird bei derlei Baukastenbastelei sofort die Flucht ergreifen. Das war auch mein erster Impuls, aber ich bin damals nach überstürzter Flucht vorsichtig schnuppernd zu diesem Büchlein zurückgekehrt. Es hat Jahre gedauert, bis ich lernte, die tiefe Wahrheit hinter Walbäuchen und Drachenhöhlen zu erfassen. Was mich von Anfang an bei der Stange hielt, war die frappierende Anwendbarkeit der Büchlein-Strategie auf Filmstoffe. Wenn eine Methode derart folgerichtig funktioniert, so dachte ich, muss eine gewaltige Maschine unter der harmlosen Oberfläche arbeiten. Ich will versuchen, dir das vorzuführen, indem ich, völlig ins Blaue plaudernd und ohne jede Vorüberlegung, das Büchlein auf eine Figur anwende. Automatisch wird sich eine Geschichte entrollen, vielleicht keine gute, aber eine nachvollziehbare, die ich als Film vor mir sehen kann. Wir machen das Schritt für Schritt, so, wie ich es damals für die Studenten gemacht habe, stolz, vielleicht ein wenig zu stolz auf meinen Zaubertrick.

Set-up: Karl Treidel ist ein erfolgloser Schriftsteller, nett, aber ein notorischer Versager. Wir sehen ihn in seiner Berliner Stammkneipe und in seiner ärmlichen, aber geschmackvoll eingerichteten Wohnung.

Ruf zum Abenteuer: Eines Tages bekommt Karl einen Brief. Ein entfernter Verwandter ist gestorben, er soll nach New York fahren, um das Erbe anzutreten.

Der widerstrebende Held: Karl will nicht. Versager oder nicht, er mag sein Leben. Eine Erbschaft aus Amerika, das kommt ihm surreal vor. Außerdem kann er sich den Flug nicht leisten.

Begegnung mit dem Weisen: In der Stammkneipe trifft Karl einen Freund. Dieser erzählt ihm von irgendeiner verpassten Gelegenheit, die er sein Leben lang bereut hat. Karl wird nachdenklich. Er fragt seinen Freund, ob er ihm 1 000 Euro leihen kann.

Plotpoint Eins: Karl im Flugzeug. Karl am Flughafen *La Guardia* in New York. Karl in der Subway. Karl in einem verranzten Hotel in Harlem.

Bauch des Wals: In New York gerät Karl in eine neue Welt. Die Freunde und Verwandten des Erbonkels sind reich, gebildet, weltgewandt. Und neurotisch. Man stelle sich eine modernisierte Form von Woody-Allen-Figuren vor. Karl tritt von einem Fettnäpfchen ins nächste, während er versucht, in einem Wechsel von Rebellion und Anpassung mit seiner neuen Familie zurechtzukommen. Es kann nicht schaden, wenn eine Frau in Karls Alter dabei ist. Sie könnte Alice heißen.

Drachenhöhle: Bei der Testamentseröffnung stellt sich heraus, dass Karl Alleinerbe der Firma des Onkels werden soll. Er muss sich entscheiden, ob er das Erbe antreten will. Ein anderer Neffe namens Phil wäre der nächste Erbe nach Karl. Phil begegnet Karl mit offenem Hass.

Gescheiterte Prüfung: Es kommt zu einer Auseinandersetzung zwischen Karl und Phil. Auch Alice ist beteiligt, vielleicht stellt sich heraus, dass sie Phils Verlobte ist, was sie Karl verschwiegen hat. Obwohl sich Karl in der neuen Welt der Reichen und Schönen inzwischen schon viel besser zurechtfindet, sticht Phil ihn gnadenlos aus. In einem Restaurant, auf einer Party oder vielleicht vor der Belegschaft der Firma macht er Karl lächerlich. Karl steckt zurück, will Phil das Erbe überlassen und nach Berlin zurückkehren.

Das Elixier: Nun aber findet Karl etwas Entscheidendes heraus. Vielleicht hat sein Vater früher selbst in der Firma gearbeitet und wurde vom Erbonkel ausgebootet, als es um die Geschäftsführung ging. Zudem läuft in der Firma etwas schief, die Arbeiter werden miserabel behandelt, oder es gibt Zulieferer in Asien, die Kinder ausbeuten. Vielleicht ist Phil auch gar nicht der echte Neffe des Erbonkels, oder er ist in Wahrheit Karls Bruder. Alice spielt bei der Aufklärung natürlich eine entscheidende Rolle. Wichtig ist, dass Karl etwas erfährt, das die Lage noch einmal in neuem Licht erscheinen lässt. Aufgrund der Erkenntnis kann er Phil einen reinwürgen.

Plotpoint Zwei: Karl spürt die Versuchung, es mit seinem kleinen Sieg über Phil gut sein zu lassen. Er weiß jetzt, was gespielt wird, und kann als Sieger nach Berlin zurückkehren. Aber zugleich hat Karl etwas verstanden und kann hinter diese Erkenntnis nicht mehr zurück. Er hat verstanden, dass man nur einmal lebt und verpasste Gelegenheiten niemals wieder aufgewogen werden. Bislang hat sich Karl seinem Leben nicht richtig gestellt. Er hat das Verpassen von Gelegenheiten zum Prinzip erhoben. Das muss er jetzt hinter sich lassen, denn Geschichten handeln immer davon, wie ein Mensch einen Schritt macht.

Der Weg zurück: Karl hat beschlossen, sich dem Kampf ein zweites Mal zu stellen. Er will die Firma übernehmen, weil nur er verhindern kann, dass alles zerschlagen, gewinnbringend verkauft und die arme Belegschaft entlassen wird.

Lach ruhig, Holger, aber so läuft das eben.

Die letzte Schlacht: Karl und Phil treten in die finale Auseinandersetzung ein. Showdown, Streit, ein raffinierter, von Karl ausgeheckter Plan. Weinende Frauen, schreiende Kinder, kämpfende Männer. Wichtig ist, dass sich in der Krise das Ausgangsproblem des Helden umkehrt. Die aristotelische Peripetie. Wenn Karl sein Leben lang Gelegenheiten verpasst hat, wird er jetzt im entscheidenden Augenblick zupacken und das Richtige tun. Entweder der Plan geht auf, dann gibt es ein Happy End, oder eben nicht, dann ist es eine Tragödie.

Kiss-off: Wir sehen das Ergebnis der Umwälzung. Karl in seinem neuen Leben. Als Firmenboss. Als Familienvater. Oder vielleicht doch wieder in Berlin, aber mit veränderter Einstellung.

Holger, lachst du noch oder schläfst du schon? Sag nichts, ich ahne, was du denkst. Anscheinend bin ich ziemlich allein mit meiner Begeisterung für die Tatsache, dass sich durch schlichtes Befolgen von dramaturgischen Grundsätzen binnen Sekunden und mit wenigen Handgriffen ein Film – vielleicht kein guter, aber immerhin ein vorstellbarer – auf die innere Leinwand projizieren lässt. Die Studenten haben mir den Kram um die Ohren gehauen. Dabei wollte ich ihnen nicht auftragen, ihre Romane fürderhin nach Schema F zu bauen. Ich selbst plane meine Romane auch nicht anhand der Büchlein-Strategie. Aber es kommt vor, dass ich sie anhand dieser überprüfe, wenn während der Arbeit der Boden unter meinen Füßen zu wackeln beginnt. Es gibt eine erstaunliche Menge großartiger Bücher, von Dostojewski, Fontane, Dickens, Nabokov und vielen anerkannten Autoren mehr, die erstaunlich dicht entlang der Leitplanke der Büchlein-Strategie navigieren – und das, obwohl keiner von ihnen das Büchlein gekannt hat. Die Büchlein-Strategie steckt in vielen Geschichten, ohne dass der Autor sie angewendet hätte. Das Büchlein enthält nämlich keine Anweisungen. Es geht dem Erzählen nicht voraus. Sondern beschreibt etwas, das beim Erzählen, wenn es gut läuft, ohnehin passiert.

Ich wollte den Studenten helfen. Ich wusste, dass unter ihnen viele waren, die sich beim Versuch, einen Roman zu schreiben, schon nach dreißig Seiten verirrten. Dass einige Motivationsprobleme hatten. Dass andere glaubten, man könne ein gefeiertes Debüt generieren, indem man Raymond Carver und Judith Hermann als Vorbilder benannte und 200 Seiten mit adjektivlosen Hauptsätzen füllte. Das Büchlein sollte ihnen helfen, einen Weg ins Erzählen zu finden. Und es sollte sie krisensicherer machen, damit sie es schafften, den Weg bis zum Ende zu gehen.

Abgesehen davon fand ich es spannend, was das Büchlein über das Wesen von Narrationen sagt: Eine Geschichte sei die Auflösung einer Frage in ihrem Gegenteil anhand der Entwicklung einer Figur. Was heißt das für den Menschen, wenn Erzähltrieb und folglich auch Erinnerungsvermögen diesem Muster folgen? Wir scheinen unser Leben als eine zwischen Gegensätzen aufgespannte Fläche zu betrachten, auf der wir uns linear bewegen. Von Jung nach Alt, von Dumm nach Klug, von Sündig nach Erlöst. Weil unser Bewusstsein die Welt nur als Geflecht aus Gegensatzpaaren wahrnehmen kann, bedeutet Erkenntnis zuallererst die Entdeckung, dass jedes Problem seine Lösung in verschlüsselter Form enthält. Schicksal nennen wir die Tatsache, dass auch der Mensch ein Problem ist, welches seine Lösung in sich trägt. Narration als Welterklärungsformel, als Theory of Everything. Ein guter Freund von mir formulierte vor Jahren einen Satz, der mich nie wieder losgelassen hat: »Literatur ist die Theorie der Praxis.«

Es gab also Themen, über die man sprechen konnte. Auf der anderen Straßenseite, direkt gegenüber vom Literaturinstitut, hörten die bildenden Künstler unter dem Einfluss von Neo Rauch gerade auf, die Man-erkennt-nichts-das-muss-Kunst-sein-Formel als Erfolgsrezept zu betrachten. Die Postmoderne ging zu Ende, das Narrative befand sich wieder auf dem Vormarsch. Dachte ich. Aber weit gefehlt. Am Literaturinstitut gehörte es immer noch zum guten Ton, die Künstlernase über den Plot zu rümpfen. Als fände wahre Literatur nur in größtmöglicher Entfernung von Handlung statt. Die Studenten wollten nicht über Dramaturgie sprechen. Sie lehnten den bloßen Versuch ab, sich an die Sache heranführen zu lassen. Bis heute weiß ich nicht, ob ich ihre Faulheit herausforderte oder die Hybris von Jung-Genies. Vielleicht ist das auch dasselbe. Sie hassten mich wie ein Gruppe von Nachwuchszauberern, die fest an die eigenen übernatürlichen Fähigkeiten geglaubt hatte und nun mitansehen musste, wie jemand die Tricks hinter der Magie enthüllte. Das Heiligtum war entweiht, das Unberührbare berührt worden. Ich hatte das Göttliche als Kunststück behandelt und sie als Menschen, die noch etwas lernen konnten.

Das Göttliche und das Kunststück. Holger, jetzt sind wir unversehens an den Punkt geraten, um den mein

Schriftstellerinnenselbstverständnis kreist. Der Grund, warum es für mich nur Anti-Poetik geben kann: Es gibt einen Unterschied zwischen *Schreiben* und *Literatur*. Der Literatur wohnt im besten Fall eine Größe inne, die man übermenschlich nennen darf, weil sie den Autor transzendiert. Das Schreiben hingegen ist nur eine Tätigkeit, die man besser oder schlechter beherrscht. Permanent bedroht von den üblichen Schwächen wie Faulheit, Feigheit, Eitelkeit. Oft verschüttet unter Alltagssorgen. Dem inneren Schweinehund abgerungen. Von profanen Überlegungen in die eine oder andere Richtung gelenkt. Eine Figur darf nicht heißen wie ihr reales Vorbild. Ein Handlungsort wird etabliert, weil der Autor dort zufällig einmal war. Eine lächerliche Nebenfigur tritt auf, weil die Schriftstellerin mit irgendwem eine Rechnung offen hat. Am Ende des Schreibens steht die Literatur, und in dieser drückt sich etwas anderes aus. Sie vermag Ähnliches wie die Musik: das Unsagbare, Unaussprechliche, nicht zu Beschreibende wahrnehmbar machen. Es aus der Welt nehmen und in die Welt setzen. Literatur enthält Dinge, die der Autor nicht absichtlich hineingetan hat. Wie oft wurden in meinen Büchern Zitate von Autoren gefunden, die ich gar nicht kannte! Gedankengänge eines Philosophen, den ich nicht gelesen hatte! Themen, an die ich nicht gedacht hatte, Motive, die mir nicht bewusst waren, Interpretationen, die mir niemals in den Sinn gekommen wären. Nur weil das so ist, weil Literatur größer ist als das Schreiben, lesen Menschen Bücher. Das Schreiben bringt nicht einen, sondern unzählige Texte hervor, nämlich mindestens einen pro Leser.

Das wollte ich den Studenten klarmachen. Ich wollte ihnen zeigen, dass sie schreiben müssen, nein, schreiben *wollen* müssen, um Literatur zu schaffen, während reines Literatur-erzeugen-Wollen im besten Fall zu Geschriebenem, meistens aber nirgendwohin führt. Anders als beim Bogenschießen hilft Zielen in der Literatur nicht unbedingt beim Treffen. Ich hatte also die Lücke benannt, die zwischen Literatur und Schreiben klafft. Nicht, um etwas Unüberwindbares zu postulieren, sondern um zu zeigen, dass es um das Errichten von Brücken geht. Dafür war es notwendig gewesen, über den ganz konkreten, möglicherweise schnöden, profanen, aber doch unumgänglichen Vorgang des Schreibens zu sprechen. Es liegt nicht in der Natur der Sache, sondern in der Natur unserer sehr deutschen, vielleicht auch einfach sehr menschlichen Erwartungshaltung, dass das aufrichtige Thematisieren des Schreibvorgangs wie Entzauberung wirkt. Dabei ist Anti-Poetik kein Anti-Zauber. Sie gesteht nur ein, dass ein Autor, der über Literatur nachdenkt und spricht, kein Autor, sondern ein Leser ist. Man kann als Autor Leser eines künftigen, noch zu schreibenden Romans sein. Das hilft vielleicht, eine Vorstellung zu entwickeln. Dann aber muss man mit dem Schreiben beginnen, sich treiben lassen, strudeln, treideln. Nicht Literaturerzeugung, sondern Schreiben ist die Substanz. Schreiben ist die Literatur des Autors, während das Ergebnis die Literatur des Lesers ist.

Für diese Zumutung wurde ich von den Studenten bestraft. Erst leisteten sie Widerstand, dann ließen sie mich am langen Arm verhungern. Statt mitzudenken, fragten sie mich alle zehn Minuten, ob sie die im Rahmen des Bachelor-Schwachsinns benötigten Credits für ein Referat, eine Hausarbeit oder das Rülpsen des Alphabets erhalten würden.

Macht nichts. Dramaturgie ist wie das Leben – ein Angebot, das man auch ablehnen kann. Seitdem sind sieben Jahre vergangen. Es wäre spannend zu wissen, ob die Dramaturgiefrage unter den Jüngstautoren heute anders aufgenommen würde. Vielleicht sollte ich einen zweiten Anlauf starten, als verdeckte Ermittlerin in Sachen Literatursoziologie. Kannst mich ja mal als Gastdozentin vorschlagen.

Gruß, J.

Alter Schwede,

Todesangst ist unvermeidlich. Für den Einzelnen sowieso. Aber auch als kollektives Phänomen ist Angst das Thema unserer Zeit. Das ist das traurige Paradoxon unserer Existenz: Solange wir das Schreckliche – Krieg, Hungersnot oder Naturkatastrophe – tatsächlich erleiden, geht es ums Überleben. Ein schmerzvoller Ist-Zustand mit einer positiven, auf Wachsen und Werden gerichteten Tendenz. Haben wir überlebt oder sind dank glücklicher Geburt von Anfang an des Überlebens weitgehend sicher, geht es um Angst. Ein positiver Ist-Zustand mit einer zersetzenden, aufs Apokalyptische gerichteten Tendenz. Weil ich erst letzte Woche mit Holger über dramaturgische Fragen mailte, ist es mir gerade besonders präsent: das notorische Streben des Menschen nach der Kehrseite des Seins. Unser ewiges Aufgespannt-Sein zwischen Gegensätzen. Der Fluch, uns stets von einem Pol zum anderen entwickeln zu müssen, weil die Gegenwart für den Menschen ein unmöglicher Aufenthaltsort ist. Es ist das Werden, nicht das Sein, in dem sich der Mensch zu Hause fühlt. Das Werden zeigt ihm sein Leben als Geschichte mit Anfang, Mitte und Ende und lässt ihn dem Tod entgegenstreben, obwohl Tod der Ort ist, an dem er am allerwenigsten ankommen möchte.

Karl Treidel, der Überlebenskünstler, lebt in der unvergleichlichen Sicherheit unserer Zeit und ist mithin ein Angstkünstler. Was aber tut der moderne Mensch nach dem Religionsverlust gegen Todes- und Schicksalsangst? Ganz klar: Er isst Joghurt und geht ins Fitnesscenter. Das erfordert allerdings eine Disziplin, die nur aufbringt, wer an den tieferen Sinn dieser Maßnahmen glaubt. Wer hingegen bis ins Innerste von Skepsis zerfressen ist, wird sich im Fitnesscenter anmelden, den Kühlschrank mit Joghurt füllen, die angebrochene Zigarettenpackung wegwerfen, um dann am Abend in der Kneipe doch noch mal ein Wiener Schnitzel zu bestellen und ein paar allerletzte Zigaretten zu rauchen, zur Feier des Abschieds vom alten Leben. Schnitzel, Bier und Zigarette: das Antlitz der zeitgenössischen Sünde.

Am nächsten Morgen fühlt sich Treidel erbärmlich. Er wird heimgesucht von Reue und deren Zwillingsschwester, der Angst vor Bestrafung. Das Hineinhorchen in den eigenen Körper liefert Indizien, dass die Bestrafung bereits begonnen hat. Außer Kopfschmerzen und Kratzen im Hals ein tiefes Stechen in der linken Brustseite, das als Ankündigung eines sicheren Todes gelesen werden kann. Treidel ist überzeugt, in nicht allzu ferner Zukunft an Herzversagen zu sterben. Die Frage ist nur, ob er vorher noch Krebs bekommt.

Sein stetiger, immer wieder scheiternder Versuch, sich neu zu erfinden und endlich einen besseren, gesünderen, kurz: optimaleren Menschen aus sich zu machen, raubt ihm alle Kraft. Treidel ist wehrloses Opfer des alles beherrschenden Imperativs des 21. Jahrhunderts, der da lautet: Erfinde dich und sei du selbst! Anders gesagt: Ändere dich, mach dich neu, aber nicht, um dich zu verlieren, sondern um überhaupt erst einmal zu dir zu kommen. – Ein grausamer Auftrag.

Treidel kann einfach nicht aus seiner Haut. Und wenn es ihm doch einmal gelingt, wenigstens vorübergehend, schafft er es nicht, sich bei sich selbst zu fühlen und bei sich zu bleiben. Das ständige Scheitern ist schmachvoll peinlich. So zeigt sich das 21. Jahrhundert in Treidel: als Epoche von Todesangst und Peinlichkeit und damit als Epoche der Hypochondrie. Als ein Zeitalter, das ausgerechnet die Fiktion vulgo Virtualität vulgo Literarisierung als eine Methode zur Herstellung von Authentizität begreift. Der im 20. Jahrhundert erfahrene Narrationsverlust wird durch die Fiktionalisierung ganzer gesellschaftlicher Bereiche kompensiert. Wer das nicht glaubt, schaue bei Facebook vorbei. Treidel spiegelt die zum Scheitern verurteilte Selbsterfindung auf verschiedenen Ebenen. Als Autor, als Hypochonder, als Prenzlauer-Berg-Bewohner.

Alice, unsere Chronistin, hat Treidel aufgesucht wie einen Arzt, von dem sie Heilung erwartet, indem er sie neu erfinden soll. Warum nicht professionelle Hilfe suchen in einer Welt, die das bloße So-Sein des Menschen als zu bekämpfende Krankheit definiert? Warum nicht einen Fachmann mit der Erfindung eines optimalen Ich beauftragen? Wer könnte zuständiger sein für das Gebären authentischer Fiktionen als ein Schriftsteller? Alice ist bereit, für ihr neues, maßgeschneidertes Ich zu bezahlen, und vielleicht hat Treidel sogar einen Vorschuss genommen. *Identity coaching* – zeitgemäß, individuell, karrieregerecht, social-network-fähig. Eine Geschäftsidee der unmittelbaren Zukunft.

Statt nun aber der Entstehung einer neuen Alice beizuwohnen, beobachtet unsere Chronistin Treidel bei seinen haarsträubenden Versuchen, durch Selbsterfindung erst einmal sein eigener Schöpfer zu werden; den leeren Himmel über dem Kopf mit sich selbst zu füllen;

sich selbst zu transzendieren, um bei sich anzukommen. Größenwahn und Minderwertigkeitskomplex gelangen darin zu perfekter, selbstzerstörerischer Kongruenz. Alice, die sich an Treidels Fersen heftet, nimmt als Beobachterin an der Treidelschen Tragödie teil.

Eines Tages erhält Treidel einen Brief, der ihm mitteilt, dass er ein Haus geerbt hat. Ein Haus, dessen Türklinken dreimal so alt sind wie er selbst und trotzdem immer noch eine höhere Lebenserwartung haben, worüber er fast den Verstand verliert. Oder er erbt eine Firma in New York. So könnte es sein. Treidel würde beschließen, sein Leben zu ändern, sich selbst anhand der neuen Aufgabe neu zu erfinden, und am Ende würde er mitsamt seiner neuesten Fiktion den Bach runtergehen. Aber ich glaube, wir wollen es zugleich kleiner und größer. Geographisch kleiner und emotional größer.

Also erhält Treidel keinen Brief, sondern wird von Nancy, einer alten Bekannten, um Hilfe gebeten. Nancy lebt in einer lesbischen Beziehung und wünscht sich ein Kind, weshalb sie Treidel um eine Samenspende bittet. Natürlich lehnt Treidel entsetzt ab. Aber in den folgenden Tagen beginnt er, sich in die Idee zu verlieben. Er kann Vater werden, ohne Vater zu sein. Optimaler lässt sich der quälende Imperativ kaum erfüllen. Die bloße Tatsache des Kindes, seine reine Existenz wird Treidel zu einem neuen Menschen machen. Ruhiger, bodenständiger, selbstbewusster. Für das Kind wird er endlich seinen Roman fertigschreiben. Weniger trinken. Mit dem Rauchen aufhören. Sein Leben in Ordnung bringen.

Wenn das Wort noch etwas bedeutete, würde Treidel vermutlich sagen, dass ihn das Kind zum Mann machen wird.

Sie arrangieren das mit der Samenspende, wobei ein paar nette Szenen denkbar sind, *await the* Endfassung *for further details*. Nancy wird schwanger. Treidel schwebt auf Wolke Sieben. Er erzählt der ganzen Welt, dass er Vater wird. Er sucht eine neue Wohnung, kauft neue Klamotten, beginnt zu kochen. Doziert in der Kneipe über Kinder und Vaterschaft und Menschheit und was das alles zu bedeuten habe. Er macht einen Riesenwirbel. Dieser große, schwere Mensch hängt sein ganzes Ich an das zarte kleine Wesen im Bauch einer Frau, die er nicht einmal richtig kennt. Ich weiß nicht, ob er das ungeborene Kind tatsächlich liebt. Vielleicht liebt er nur das neue Selbstbild, welches das Kind ihm ermöglicht. Sein bislang größtes Selbsterneuerungsprojekt. Erfinde dich und sei du selbst. Diesmal scheint es zu klappen. Treidel fühlt sich völlig anders und trotzdem bei sich. Alice ist fasziniert.

Dann erleidet Nancy eine Fehlgeburt, das winzige Baby stirbt in ihrem Leib. Es vergehen drei Tage, bis sie es Treidel am Telephon erzählt. Die Nachricht wirkt auf Treidel, als hätte Nancy ihm mitgeteilt, dass er selbst gestorben ist. Und zwar schon vor drei Tagen. Er steht Nancy nicht einmal nahe genug, um sofort über den Tod seines Kindes informiert zu werden. Jetzt glaubt sie auch, dass das Ganze eine dumme Idee gewesen ist. Sie will es nicht noch einmal versuchen, jedenfalls nicht mit Karl.

Lieber Schwede, unser Treidel stirbt in diesem Augenblick einen Tod, der die Todesangst nicht mildert. Zu allem Überfluss ist er gezwungen, öffentlich Stellung zu beziehen. Nachdem er seine bevorstehende Vaterschaft in alle Welt hinausposaunt hat, wird er nun von aller Welt danach gefragt und muss wieder und wieder vom Tod des Kindes berichten. Die vielen mitleidig auf ihn gerichteten Blicke beleuchten sein letztes universales Scheitern. Den letzten Akt misslungener Selbsterfindung. In Fitzgeralds *The Great Gatsby* wird die Hauptfigur am Ende aufgrund eines Missverständnisses umgebracht. Die Tragödie unserer Zeit und also auch Treidels Tragödie besteht im Überleben.

Alice dürfte aus der ganzen Sache etwas Entscheidendes gelernt haben. Sie wird sich erschauernd abwenden von ihrem ursprünglichen Plan, von Treidel neu erfunden zu werden. Sie wird ihr Äußeres abtakeln, um es dem Inneren anzupassen, statt umgekehrt, und in ihr altes Leben zurückkehren.

Lieber Schwede, in Wahrheit habe ich natürlich keine Ahnung, wie Treidels Geschichte ausgehen wird. Mit ziemlicher Sicherheit steht allerdings fest, dass er am Ende völlig am Ende sein wird. So enden meine Hauptfiguren immer. Manche Leser empfinden das als deprimierend. Dabei zünde ich immer ein kleines Hoffnungslämpchen an. Erst nach dem totalen Scheitern ist der Mensch in der Lage, Verantwortung für sich selbst zu übernehmen. Das Ende des Romans ist der Anfang für das eigentliche Leben der Figur. Im Grunde erzähle ich immer Vorgeschichten. Dass das niemand außer mir so sieht, ist vermutlich das große, wenn auch nicht besonders tragische Missverständnis meines Lebens.

Juliette

Liebe Wanda,

die Fähigkeit, Geschichten zu erzählen, ist uns angeboren. Vielleicht ist es dieser narrative Sinn, der den Menschen wahrhaft vom Tier unterscheidet, denn Sprache als bloßes Kommunikationsmittel kommt auch in der Tierwelt vor. Der Mensch aber trägt ein Muster in sich, nach dem er Geschichten baut. So kommt es, dass der etwas plumpe, irgendwo zwischen Sigmund Freud, falscher Bescheidenheit und Waldorfschule angesiedelte Satz, dass »jeder Mensch ein Dichter sei«, auf fundamentale Weise der Wahrheit entspricht. Und zwar aus einem simplen Grund: weil Erzählen nur in zweiter Linie mit Literatur zu tun hat. In erster Linie ist es Erinnerungstechnik.

Verstanden habe ich das während des Jurastudiums. In meinem letzten Roman *Nullzeit* sagt der Erzähler Sven an einer Stelle: »Bei Gericht hatte ich erlebt, wie Menschen die Vergangenheit nach selbst entwickelten Mustern formten. In heiliger Überzeugung erzählten sie den gröbsten Unsinn. Vielleicht war das die wichtigste Erkenntnis meiner juristischen Ausbildung: Wer nicht die Wahrheit sagte, log noch lange nicht.«

Sven bezieht sich dabei auf ein Aha-Erlebnis, welches mir während der Referendarzeit bei Gericht widerfuhr. Gott, Wanda, das erste Mal vor Gericht, was für eine Katastrophe! Stell dir vor, wie ich morgens da hinkomme, es ist Sommer, ich trage Jeans und T-Shirt und soll den Tag über für die Anklage plädieren. Im Flur des Amtsgerichts erwartet mich die zuständige Staatsanwältin, welche ich vertreten werde, guckt mich an und fragt: »Wie sehen Sie denn aus?« Ich schaue an mir runter und frage: »Was meinen Sie?«, und sie, schon ziemlich laut: »Wo ist Ihre weiße Bluse?« – »Was für eine weiße Bluse«, frage ich, »wir tragen doch Roben vor Gericht, damit wir nicht als individuelle Personen erscheinen, sondern als neutrale Vertreter einer höheren Gerechtigkeit oder jedenfalls einer Behörde, in diesem Fall der Staatsanwaltschaft«, und die Chefin unterbricht mich, jetzt richtig laut: »Klar tragen wir Robe, Sie Schlaumeierin, aber darunter eine *weiße Bluse*, deren Kragen man im Ausschnitt der Robe sieht. Die Männer *weiße Krawatte*, die Frauen *weiße Bluse*, also, wo zum Teufel ist Ihre verdammte ...« Da kommt die Sekretärin aus dem Büro, sie hat das Geschrei gehört und sagt: »Wir können tauschen.« Und sie geht zurück ins Büro und zieht ihre weiße Bluse aus und bekommt mein T-Shirt dafür. Drei Minuten später sitze ich im Gerichtssaal. Mir gegenüber zwei Jungs, die aussehen wie

Klassenkameraden meines Bruder. Ich realisiere, dass ich vor dem Jugendgericht plädiere. Die beiden da haben anscheinend gekifft und danach mit einer Spraydose etwas an eine Wand gesprüht, und schon geht es los. Ich blättere in meiner Handakte, in der so gut wie nichts drin steht, also heißt es improvisieren. Während ich etwas von Sachbeschädigung und Betäubungsmittelgesetz erzähle, muss ich an den Krieg denken, der gerade in Afghanistan ausgebrochen ist, und ich komme nicht darüber hinweg, dass wir hier einen Prozess wegen Joints und Spraydosen führen, während dort in genau dieser Sekunde Menschen sterben, über deren Tod es niemals eine Gerichtsverhandlung geben wird, und ich sage »fremde bewegliche Sache«, und ra-ta-ta-ta sinken an einem Checkpoint sieben Zivilisten zu Boden, und ich sage »unerlaubter Besitz von Cannabis«, und die Mohnfelder strecken sich bis zum Horizont, und ich erkläre, dass Beschädigen die Sachsubstanz oder die bestimmungsgemäße Brauchbarkeit der Sache mehr als nur unerheblich beeinträchtigt, und Whooom fliegt ein Tanklaster in die Luft, 60 Tote, darunter viele Kinder, und ich rede weiter und plädiere, und irgendwann ist die Verhandlung zu Ende, und als alle weg sind, winkt mich die Richterin nach vorn und sagt: »Frau Zeh, Sie haben das schon ganz ordentlich gemacht, aber Sie sollten in Zukunft darauf achten, dass Sie als Staatsanwältin mit Ihrer Strafforderung nicht die Verteidigung unterbieten.«

Wenn ich manchmal gefragt werde, warum ich die

juristische Laufbahn aufgegeben habe und stattdessen Schriftstellerin geworden bin, dann müsste ich eigentlich diese Geschichte erzählen, sage stattdessen aber aus Faulheit: aus Faulheit.

Aber berichten wollte ich dir vom Knallzeugen. Der Knallzeuge ist ein Phänomen, mit dem wir Rechtsreferendare von unserem Ausbilder vertraut gemacht wurden, als es um Wahrheitsfindung vor Gericht ging. Der Knallzeuge funktioniert so: Es hat sich ein Autounfall ereignet, zwei Fahrzeuge sind auf einer Kreuzung ineinandergerast. Nun gilt es herauszufinden, wer die Schuld trägt. Glücklicherweise existiert ein Zeuge, der den Unfallhergang vor Gericht in allen Einzelheiten beschreibt. Er berichtet, wie sich der weiße Audi von rechts der Kreuzung näherte, seiner Meinung nach mit überhöhter Geschwindigkeit. An den Fahrer kann er sich genau erinnern. Der machte einen nervösen Eindruck, hielt das Lenkrad mit beiden Händen umklammert und duckte sich hinter der Windschutzscheibe. Der andere Wagen kam von links, ein roter Corsa. Die Frau am Steuer telephonierte auf dem Handy und geriet dabei ganz leicht aus der Spur. Weil der Weiße zu schnell war, konnte er nicht ausweichen, und – zack, kam es zur Kollision.

Die Protokollanten protokollieren, die Anwälte tuscheln, der erfahrene Richter hat das Kinn in die Hand gestützt, hört dem Zeugen aufmerksam zu und stellt schließlich die Frage, die er als Referendar von seinem Ausbilder gelernt hat: »Und wie sind Sie auf das

Geschehen aufmerksam geworden?« Der Zeuge antwortet: »Als es so schrecklich knallte, habe ich mich umgedreht.«

Das Erstaunliche ist: Wenn jetzt Unruhe im Gerichtssaal entsteht, wenn geraunt und gelacht wird, sieht sich der Knallzeuge verwundert um. Er realisiert den logischen Widerspruch nicht. Versteht nicht, dass er nichts von den geschilderten Ereignissen gesehen haben kann, wenn er sich erst umgedreht hat, als es knallte. Er hat die Unfallbeteiligten nach dem Geschehen beobachtet – den gestresst wirkenden, irgendwie in sich zusammengeduckten Fahrer des weißen Audi; die Frau aus dem roten Corsa, die am Steuer sitzen blieb und unablässig auf dem Handy telefonierte – und sein Gehirn hat die Geschichte des Tathergangs zusammengebaut und ihm als Erinnerung präsentiert. Das Gewissen des Knallzeugen ist rein. Er würde seine Aussage unter Eid beschwören. Kein Lügendetektor der Welt könnte ihn entlarven.

Krimileser glauben, dass vor Gericht ständig gelogen wird. Das mag sein. Aber viel häufiger und problematischer sind Zeugen, die erfolglos versuchen, die Wahrheit zu sagen. Menschen erinnern sich an Dinge, die mit der Realität wenig zu tun haben. Schätzungen zufolge beruhen 90 Prozent aller Justizirrtümer auf falschen Zeugenaussagen.

Mittlerweile werden diese Beobachtungen von der Gedächtnisforschung bestätigt. Versuche zeigen, wie leicht es ist, einem Menschen Erinnerungen einzupflanzen. Im Normalfall genügt es, ein paar Kinderphotos vorzulegen. Einige Bilder zeigen reale Erlebnisse – ein Weihnachtsfest mit Familie, einen Ski-Urlaub –, andere hingegen sind manipuliert und zeigen den Betreffenden zum Beispiel bei einer Ballonfahrt, die niemals stattgefunden hat. Ein paar Tage später wird er sich an die Ballonfahrt ebenso real und detailreich erinnern wie an die anderen abgebildeten Szenen. Er wird seine kindliche Begeisterung, als er das Haus, in dem er lebte, von oben sah, in allen Einzelheiten beschreiben können.

Neulich las ich ein anderes Beispiel, wiederum aus der Gerichtspraxis. Ein Mann wird einer Vergewaltigung beschuldigt. Das Opfer kann ihn einwandfrei identifizieren. Aber der Mann hat ein hieb- und stichfestes Alibi. Zur Tatzeit saß er in einer Talkshow, die live übertragen wurde. Des Rätsels Lösung bestand in der Tatsache, dass während der Vergewaltigung ein Fernseher lief. Das Gedächtnis der Frau hatte den Täter mit den Gesichtszügen des Mannes auf dem Bildschirm ausgestattet. Sie erinnerte sich ganz genau daran, von diesem Mann überfallen worden zu sein, und ließ sich auch nicht davon abbringen, als man ihr den Irrtum erklärte. Dass es sich bei dem Talkshow-Teilnehmer um einen bekannten Experten für Erinnerungsforschung handelte, ist einer jener Zufälle, denen zuliebe die Literatur erfunden wurde.

So viel habe ich in zehn Jahren juristischer Ausbildung gelernt: Das Gedächtnis ist nichts anderes als ein unzuverlässiger Erzähler. Literatur und Erinnerung teilen sich ein flexibles Verhältnis zur Realität. Oder, wie Max Frischs Gantenbein an einer Stelle sagt: »Jeder von uns erfindet sich früher oder später eine Geschichte, die er für sein Leben hält.« Mit anderen Worten: Wir ordnen erinnerte Erlebnisse nach narrativen Mustern und konstruieren auf diese Weise ein konsistentes Bild unserer selbst und der uns umgebenden Welt. Nicht in ihrer zerstreuenden, unterhaltenden oder bildenden Wirkung liegt der Grund, warum es die Literatur seit Tausenden von Jahren gibt. Sondern in der originären Nähe literarischer Verfahren zum menschlichen Welt- und Selbsterlebnis.

Platon warf den Dichtern vor, dass sie zu viel lügen, und wollte sie deshalb von den Staatsgeschäften ausschließen. Heute würde man weder Literatur noch die menschliche Erinnerung als »Lüge« brandmarken. Zwar ist das Geschichtenerzählen seit der Antike nicht faktisch präziser geworden. Aber der moderne Wahrheitsbegriff kommt den Dichtern entgegen. Wir betrachten »Wahrheit« nicht mehr als ein absolutes Konzept, sondern eher als eine Sammlung von Verträgen, bei denen die Anzahl der Vertragsparteien zwischen zwei Personen und sieben Milliarden liegen kann. Zwei Parteien hat der Wahrheitsvertrag zwischen Liebesleuten – oder jener zwischen Autor und Leser. Sieben Milliarden Mitglieder weist der Vertrag auf, in dem steht, dass die Erde rund sei. Sinkt die Anzahl der Vertragsteilnehmer unter zwei, heißt es nicht mehr Wahrheit, sondern Wahnsinn – ein Zusammenhang, der manche Autoren zu der Aussage verleitet, dass sie ihre Texte veröffentlichen, um nicht den Verstand zu verlieren. Dass Wahrheitsverträge unabhängig von der Größe des Teilnehmerkreises stets kündbar bleiben, hat die Menschheitsgeschichte ein ums andere Mal bewiesen. Vor diesem Hintergrund bezeichnet der Begriff »Lüge« nicht eine Abweichung zwischen Erzähltem und sogenannter Realität, sondern einen Vertragsbruch, also einen absichtlichen Verstoß gegen das jeweilige Wahrheitsabkommen. Deshalb lügen weder Erinnerungen noch die Literatur – auf beiden Gebieten werden Absprachen getroffen, die besagen, dass eine gut gemachte Geschichte nicht gelogen ist.

Die Gemeinsamkeiten zwischen Literatur und Erinnerung gehen noch über die Tatsache hinaus, dass beider Wesen der zum Prinzip erhobene Irrtum ist. Erzähltes und Erinnertes gleichen sich in der Struktur, also in der Art und Weise, wie Informationen miteinander verknüpft werden. Das Gedächtnis bedient sich narrativer Muster, es ordnet die von uns erlebte Wirklichkeit zu Geschichten. Das gilt für kleine Alltagsanekdoten ebenso wie für große Erzählungen, die sich über eine gesamte Biographie erstrecken. Was nicht in die narrative Logik passt, wird verändert oder weggelassen. Letztlich handelt es sich bei allem, was das menschliche Gehirn tut, um ein Verfahren zur Reduzierung von Komplexität.

Wiederholung erhöht die Glaubwürdigkeit. Je öfter wir Freunden von einem Erlebnis berichten, das wir der Spannung zuliebe ein wenig übertreiben und pointieren, desto fester glauben wir, dass sich das Geschehene tatsächlich so zugetragen hat. Das Gleiche passiert im großen Stil: Komplette Völker erzählen sich ihre Helden-, Opfer- oder Entstehungsgeschichten und halten diese dann für die historische Wahrheit. Nicht umsonst bezeichnen wir »Geschichte« im historischen und im narrativen Sinn mit demselben Wort.

Weil ich zu jung für Aphorismen bin, werde ich auch den folgenden wieder Thomas Mann in die Schuhe schieben: »Ein Ereignis ist nicht das, was passiert, sondern was erzählt werden kann.« So sehr der Satz grammatisch schwimmt – ich liebe ihn. Er erleichtert mich. Er gibt mir Sinn. Er hilft mir zu verstehen, was ich als Schriftstellerin tue und warum.

Ausgerechnet von Sigmund Freud, der ja sonst in Bezug auf das Menschliche eher im Dunkeln tappt, gibt es einen kurzen, aber treffenden Aufsatz, der das Wesen der Literatur zu ergründen versucht. Freud dringt zwar nicht bis zur Erinnerungsproblematik vor, entdeckt aber im weiteren Umfeld zwei interessante Analogien. Der Inhalt des Essays ist schnell zusammengefasst: Freud beschreibt das Erzählen als Variation auf zwei andere menschliche Verhaltensweisen, nämlich Tagtraum und Spiel.

Für diese These würde ich ein gutes Fallbeispiel abgeben. Meine persönliche Schreiblaufbahn beginnt auf der Rückbank eines R4, mit dem meine Familie in Urlaub zu fahren pflegte. Weil es sich hierbei um eine Erinnerung handelt, darfst du schon dieser Behauptung keinen Glauben schenken: In den Urlaub fuhren wir mit dem Auto meines Vaters, einer Alfa Romeo Giulia, während der rote R4 meiner Mutter zum Einkaufen diente. Aber ich sehe uns nun einmal im roten R4 auf dem Weg nach Frankreich und werde allen Beweisen zum Trotz daran festhalten. Vorne streiten meine Eltern um die wahrscheinlichste Route zum Ziel; hinten sitze ich neben meinem quäkenden kleinen Bruder, auf den Knien der Meerschweinchenkäfig, dazu unklimatisierte 40 Grad und 14 Stunden voraussichtliche Fahrt. Zu allem Überfluss neige ich zur Reiseübelkeit, die mich zwingt, die ganze Zeit streng geradeaus zu schauen. In einer solchen Lage ist Phantasieren reine Selbstverteidigung. Als Siebenjährige bin ich eine Meisterin im Tagträumen. Ich starre auf die Hinterköpfe meiner Eltern, lege einen Hebel im Kopf um und verschwinde in einem Paralleluniversum. Die Geschichten, die ich mir ausdenke, werden von einer Heldin dominiert, die zufälligerweise genauso heißt und aussieht wie ich und dazu sämtliche Fähigkeiten besitzt, die ich gern hätte. Als Nebenfiguren fungieren außer diversen Fabelwesen meine Eltern – meist in der schmachvollen Rolle von Irrenden, die ihr Kind am Schluss um Verzeihung bitten müssen. Weiterhin gibt es ein in Gut und Böse unterteiltes Sortiment von Klassenkameraden. Der Aufbau der Handlung ist aristotelisch, das Ende happy. Dank der Personalunion von Autorin und Rezipientin kommen die Geschichten immer gut an.

Irgendwann ergab es sich, dass ich anfing, meine Tagträume zu verschriftlichen. Schreibend ließen sich die Abenteuer komplizierter und detailreicher ausspinnen, während ich beim bloßen Vor-mich-hin-Träumen nach einer gewissen Anzahl von Handlungsschritten immer wieder an den Ausgangspunkt zurückkehren musste, weil ich vergessen hatte, wie das Ganze zusammenhing.

Spielen im Kopf, mit oder ohne Stift in der Hand, wurde zur Dauerbeschäftigung. Irgendwann entwickelte sich sogar ein Syndrom daraus, das mich während meiner frühen Jugend quälte. In meinen Kopf nistete sich eine Erzählstimme ein, die ich nicht mehr loswurde. Dieser Erzähler kommentierte alles, was ich sagte oder tat, als wäre ich selbst eine Romanfigur. Ich konnte gar nicht mehr anders denken als im narrativen Duktus. Es gab kein »Ich« mehr, sondern nur noch die dritte Person, und statt Gegenwart nur noch das erzählende Präteritum. Wenn ich mit dem Fahrrad von der Schule nach Hause kam, plapperte es in meinem Kopf: »Sie öffnete das Gartentor mit der linken Hand, während die rechte das Fahrrad hielt. Beim Versuch, das Tor zu schließen, rutschte zum vierten Mal an diesem Tag die Schultasche vom Gepäckträger und fiel auf den Boden. ›Wann kriege ich endlich ein neues Fahrrad?‹, dachte sie. Der Tag war von Anfang an schlecht gelaufen.« Begrüßte ich meine Mutter mit einem lauten »Hallo, ich bin zu Hause!«, fügte der Erzähler in meinem Kopf »sagte sie« hinzu.

Der Erzählerbazillus ist irgendwann nach meinem 18. Geburtstag verschwunden, ohne dass ich eine Freudsche Analyse hätte in Anspruch nehmen müssen. Über Freuds Kopf hinweg will ich seinen Grundgedanken zu Ende führen. Im hermetischen Freudschen Weltbild sind Träumen, Spielen und Dichten selbstverständlich Triebbefriedigung, genauer: Wunscherfüllung. Da mag etwas dran sein; die ganze Wahrheit ist es sicher nicht. Jedenfalls nicht meine. Wenn ich meinen kleinen Sohn, meine Tiere und letztlich mich selbst beobachte, scheint mir ziemlich offensichtlich, dass Spielen vor allem Training ist. Der Spiel-Trieb dahinter dient der Steigerung von Fähigkeiten, was wiederum dem Überleben dient. Spaß ist dabei die Belohnung, die wir vom eigenen Organismus für das darwinistisch Richtige erhalten, sei es Nahrungsaufnahme, Fortpflanzung oder eben Spiel.

Wenn wir nun wissen, dass narratives Erinnern der Herausbildung einer Biographie und damit der Entstehung unserer Persönlichkeit dient (der Mann ohne Gedächtnis ist ein »Niemand«), wenn wir also in aller Kürze sagen können: »Ich dichte, also bin ich« – dann ist Erzählen ein Trainingsprogramm in Sachen Menschwerdung und die Literatur ein Fitnesscenter, in dem wir unsere narrativen Erinnerungsmuskeln stählen, um zu möglichst kunstvoller Selbsterschaffung in der Lage zu sein. Ein Übungslauf nicht nur für das Leben, sondern für das Sein. Deshalb lieben Kinder Geschichten. Deshalb hören auch Erwachsene nicht auf zu lesen, zu schreiben, zu erzählen. Deshalb ist die Literatur nicht totzukriegen, ganz egal, wie oft man ihr noch über Jahrhunderte und Jahrtausende hinweg den Untergang prophezeien will.

Deshalb, Wanda: Erzähl mir mehr. Nimm dieses Roman-Ding, mit dem du schwanger gehst, als ein Nur-So. Schreib es mir in ein paar Mails, als würdest du ein bisschen aus der Erinnerung erzählen. Ein paar Szenen, ein erstes halbes Kapitel. Mach es zu einer Geschichte und fang an, dich darin zu erkennen. Du wirst sehen, es geht. Leicht sogar.

Und jetzt mache ich Schluss für heute, ich brauche frische Luft. Man kann nicht immer nur werden, man muss auch mal sein.

Deine Juli

Alter Schwede,

deine Frage ist berechtigt. Es ist jetzt ein Jahr her, dass mir der Chef einen elektronischen Reader zum Geburtstag schenkte und ich, um das neue Gerät auszuprobieren, *The Great Gatsby* wiederlas. Der Impuls, einen Großen Gatsby des 21. Jahrhunderts schreiben zu müssen, war stark. Es handelte sich um eine *echte* Idee. Romanideen an sich fallen wie Pflaumen von den Bäumen. Üblicherweise genügt die Gegenwart eines Schriftstellers am Tisch, und schon produzieren die anwesenden Gäste serienweise Einfälle, auf deren Grundlage »man«, konkret: der dort hockende Schriftsteller, auch mal ein Buch schreiben müsste. Mir geht das nicht anders. Da ich der permanenten Anwesenheit einer Schriftstellerin ausgesetzt bin, habe ich permanent Romanideen. In wenigen Fällen finde ich sie interessant genug, um weiter darüber nachzudenken. In noch weniger Fällen fange ich an zu schreiben – Notizen, Szenen, Figuren, vielleicht die Skizze eines möglichen Handlungsverlaufs. Manchmal werden sogar hundert Seiten daraus. Die kommen dann in ein Verzeichnis namens »Ideen«, wo sich über die Jahre ein kleiner Berg theoretischer Romane angesammelt hat, ohne jemanden zu stören. Das ist meine inspirative Altersvorsorge, die mich nachts ruhig schlafen lässt. Sollte sich tatsächlich eines Tages eine »Mir-fällt-nichts-mehr-ein«-Krise statt der üblichen (und viel gefährlicheren) »Der-Tonfall-stimmt-nicht«-Krise anbahnen, kann ich die Ideenkiste öffnen und mir etwas aussuchen. Es ist auch schon vorgekommen, dass ein befreundeter Regisseur auf der Suche nach seinem nächsten Filmprojekt um eine Anregung bat. Auch dann konnte ich die Kiste öffnen und großzügig »Bedien dich, bitte« sagen. Das ist Reichtum.

In noch weniger als den seltensten Fällen weiß ich, dass es sich um eine *echte* Idee handelt. Also eine, die nicht für die Kiste bestimmt ist. Eine, aus der etwas werden soll, und zwar sofort. Solche Einfälle rühren an eine Saite, deren Schwingungen mich auf besondere Weise nervös machen. Ich habe etwas angestochen, das mit Macht nach außen drängt. Ein ganzer Kosmos von Figuren, Themen, Zusammenhängen schiebt sich heran wie eine Gewitterfront, ungeduldig, sich zu entladen. Ich gerate unter Stress.

Warum das bei einer Idee so ist und bei einer anderen nicht, weiß ich nicht. Was du wissen sollst: Treidel war so eine höchst seltene *echte* Idee.

Ich sage »war«, denn deine Ahnung trifft zu: Wir haben ihn umgebracht.

Unvorhersehbar war das nicht. Vor ein paar Jahren habe ich es schon einmal mit Planung, Theorie und Vorüberlegung versucht. Schließlich war es schon immer mein Traum gewesen, eine vier Quadratmeter große Skizze an die Wand meines Arbeitszimmers zu hängen, eine graphische Darstellung des aktuellen Romanprojekts, komplex wie die Bauzeichnung eines Architekten. Man sähe die Namen der Figuren, Geburtsdaten, Charakterskizzen. Pfeile zeigten Verwandtschaftsverhältnisse und sonstige Beziehungen an. Ein Kapitelverzeichnis dokumentierte den geplanten Verlauf der Handlung; ineinander verschlungene Linien und Symbole veranschaulichten thematische Zusammenhänge auf der Meta-Ebene. In diesem Gemälde würden sich Chaos und Ordnung zu göttlicher Einheit verbinden wie in einem biologischen System. Die Blaupause. Der Masterplan. Die *Theory of Everything*. Nie wieder würde mich ein Besucher fragen, was ich eigentlich den ganzen Tag mache. In ehrfurchtsvollem Schweigen stünde der Gast vor der wandfüllenden Graphik, sich heimlich fragend, ob er die Skizze betrachte oder die Skizze ihn. »Denn da ist keine Stelle, die dich nicht sieht: Du musst dein Leben ändern.«

Ich machte mich an die Arbeit. Verwendete ein Jahr auf die Planung von *Schilf*. Zu einem Wandbild habe ich es nicht gebracht, dafür fehlt mir das graphische Vorstellungsvermögen. Aber zu Gliederungen, Personenverzeichnissen, Figurenbiographien, Probeszenen, Beschreibungen der Handlung, die im Umfang beinahe die anvisierte Seitenzahl des projektierten Romans erreichten. Am Ende musste das Ganze »nur noch« geschrieben werden. Und das ging nicht. »Nur noch« und »nur so« erwiesen sich als diametraler Gegensatz. Da war keine Sprache, keine Musikalität, vor allem: keine Notwendigkeit. Wenn ich in der Lage war zu erklären, was in einer Geschichte passierte, warum sollte ich sie dann noch erzählen? Niemals vorher und nie wieder danach habe ich mich so mit einem Text gequält. Es kostete mich ungeheure Kraft, das Totgeplante noch einmal zum Leben zu erwecken.

Das soll mir nicht noch einmal passieren. Ich weiß nicht, ob du es gemerkt hast – in der letzten Mail stand der Roman plötzlich fertig da. Ein Buch über die Unmöglichkeit, sich selbst zu erfinden. Ich glaube, ich würde das Buch gern lesen. Aber ich habe keine Lust mehr, es zu schreiben.

Lieber Schwede, du weißt, dass dies von Anfang an ein Experiment war, das den Zuhörern in Frankfurt gewidmet ist. Ich wollte nicht über Literatur, sondern über das Schreiben sprechen und habe dich und Treidel benutzt, um einen verbalen Dokumentarfilm über das Entstehen eines Romans zu drehen. Ich war nicht sicher, ob Treidel dabei oder danach tatsächlich zum Buch werden könnte. Das Risiko, dass er das öffentliche Treideln nicht überleben würde, habe ich, wie die Juristen sagen, billigend in Kauf genommen. Nun wird Treidel wohl in die ewigen Jagdgründe beerdigter Ideen eingehen. Es müssen viele Ideen sterben, manche noch im Embryonalstadium, einige schon fast ausgewachsen, damit es ein paar wenige über die Ziellinie schaffen. Das ist natürlicher Ideendarwinismus, an den man sich mit der Zeit gewöhnt. Sollte unser Experiment gezeigt haben, dass das Sprechen übers Schreiben das Schreiben unmöglich macht, kann mich das Ergebnis nicht sonderlich überraschen. Indem wir den ungeborenen Treidel auf den Objektträger unserer theoretischen Ausführungen gelegt haben, wurde er vor der Zeit zu Literatur – und Makulatur. Das ist Anti-Poetik in ihrer reinsten Form.

Alter Schwede, der Knallzeuge ist einer, der sich umdreht, wenn es geknallt hat. Die Welt ist voller Knallzeugen, während ich weiter im Auto sitze und das Lenkrad umklammert halte.

Ich danke dir für deine Großzügigkeit und Geduld. Wider Erwarten hat unser Briefwechsel mir Freude gemacht.

Treidel ist tot. Es lebe das Treideln!

Juliette

Juli Zeh

Nullzeit

Roman

256 Seiten, Broschur

btb 74569

»Vor knapp einer Stunde hat Theo mal wieder versucht, mich umzubringen. Klingt wie der Anfang eines Krimis. Ist es aber nicht.«

Eigentlich ist Jola mit ihrem Lebensgefährten Theo auf die Insel gekommen, doch als sie Sven kennenlernt, entwickelt sich aus einem harmlosen Flirt eine fatale Dreiecksbeziehung, die alle Regeln außer Kraft setzt. Wahrheit und Lüge, Täter und Opfer tauschen die Plätze. Sven muss erleben, wie er vom Zeugen zum Mitschuldigen wird. Bis er endlich begreift, dass er nur Teil eines mörderischen Spiels ist, in dem er von Anfang an keine Chance hatte.

»Ein schauderhaft schöner Psychothriller.«

Stern

»›Nullzeit‹ kann sich locker mit der Altmeisterin der spürbaren Amoral Patricia Highsmith messen.«

Brigitte

Juli Zeh

Spieltrieb

Roman

576 Seiten, Broschur

btb 73369

Die atemberaubende Geschichte einer obsessiven Abhängigkeit zwischen einer Schülerin und einem Schüler, Ada und Alev, aus der sich erst die Bereitschaft, dann der Zwang zu Taten ergibt, die alle Grenzen der Moral, des menschlichen Mitgefühls und des vorhersehbaren Verhaltens überschreiten. Die beiden jungen Menschen wählen sich ihren Lehrer Smutek als Ziel einer ausgeklügelten Erpressung. Sie beginnen ein perfides Spiel um Sex, Verführung, Macht.

»Bewundernswert!«

Ulrich Greiner, Die Zeit

Juli Zeh
Corpus Delicti
Ein Prozess

272 Seiten, Broschur
btb 74066

Jung, attraktiv, begabt und unabhängig: Das ist Mia Holl, eine Frau von dreißig Jahren, die sich vor einem Schwurgericht verantworten muss. Zur Last gelegt wird ihr ein Zuviel an Liebe (zu ihrem Bruder), ein Zuviel an Verstand (sie denkt naturwissenschaftlich) und ein Übermaß an geistiger Unabhängigkeit. In einer Gesellschaft, in der die Sorge um den Körper alle geistigen Werte verdrängt hat, reicht dies aus, um als gefährliches Subjekt eingestuft zu werden. Juli Zeh entwirft in *Corpus Delicti* das spannende Science-Fiction-Szenario einer Gesundheitsdiktatur irgendwann im 21. Jahrhundert, in der Gesundheit zur höchsten Bürgerpflicht geworden ist.

»Juli Zeh ist mit *Corpus Delicti* der weibliche George Orwell der Gegenwart geworden.«
Deutschlandradio

Juli Zeh
Schilf
Roman

384 Seiten, Broschur
btb 73806

Sebastian kann mit seinem Leben mehr als zufrieden sein. Vielleicht hat er ein bisschen zu viel von seinem physikalischen Talent zugunsten seiner Familie aufgegeben. Sein alter Freund Oskar, auch er ein Genie der theoretischen Physik, erinnert ihn zuweilen daran. Als Sebastian seinen Sohn in ein Ferienlager fahren will, findet er sich unversehens in einem Alptraum wieder. Der Sohn wird entführt, und er bekommt ihn erst wieder, wenn er einen Mord begeht …

»Man hält das Buch in den Händen wie ein kostbares Kleinod, so prall gefüllt ist es mit überraschenden Erkenntnissen, schönen Sätzen, poetischen Bildern und kunstvollen Dialogen. Kein Zweifel: Juli Zeh schreibt ganz wunderbar.«

Amelie Fried

Juli Zeh

Adler und Engel

448 Seiten, Broschur
btb 72926

Der junge Karrierejurist Max wird Zeuge, wie sich seine Freundin Jessie erschießt, während sie mit ihm telefoniert. Für Max bricht eine Welt zusammen. Erst Clara, eine junge Radiomoderatorin, kann ihn zu einem schonungslosen Blick auf die Wahrheit zwingen. Sie überredet ihn zu einer Reise in seine Vergangenheit. Allmählich wird Max klar, dass sein Leben und seine Liebe zu Jessie, der Tochter eines Drogenkönigs, in ein Netz aus Politik und Verbrechen verstrickt sind.

»Ein traumwandlerisch sicher hingelegter Roman, exakt zur richtigen Zeit am richtigen Ort: Die Kollegen von der Popfraktion werden sich warm anziehen müssen.«

Der Spiegel

»Die Ausnahme-Juristin Juli Zeh hat einen sensationellen Debüt-Roman geschrieben: aufregend, mutig, kompromisslos«

Brigitte

»Mit diesem erstaunlichen, fulminanten Roman hat sich die Autorin die Tür zu einer literarischen Zukunft weit geöffnet.«

Süddeutsche Zeitung

Juli Zeh

Die Stille ist ein Geräusch

Eine Fahrt durch Bosnien

272 Seiten, Broschur

btb 73104

Im Sommer 2001 fährt Juli Zeh, nur begleitet von ihrem Hund, nach Bosnien. Sie möchte mit eigenen Augen sehen, ob »Bosnien-Herzegowina ein Ort ist, an den man fahren kann. Oder ob er zusammen mit der Kriegsberichterstattung vom Erdboden verschwand«. Mitgebracht hat sie eine eindringliche Reiseschilderung aus einem Land, das in einem prekären Frieden lebt, in dem gehasst, aber auch gelebt wird. Sie versucht nicht, Gut und Böse zu erkennen, Erklärungen zu finden, sie erzählt vielmehr spannend und oft witzig von einem Land, in dem die Stille selbst eine Stimme hat.

»Ein schauderhaft schöner Psychothriller.«

»Ein bemerkenswertes Stück Literatur.«

Rolf Schneider, Die Welt

Juli Zeh

Alles auf dem Rasen

Kein Roman

304 Seiten, Broschur

btb 73623

Gibt es eine Demokratie ohne Nebenwirkungen? Finden sich auf dem Europäischen Markt noch Tabus made in Germany? Warum langweilt uns die Pornographie? Kann man schreiben lernen, hat die Literatur noch etwas zu erzählen, und worin liegt der psychologische Nutzen von Altpapier? Juli Zeh, eine der spannendsten und erfolgreichsten Autorinnen ihrer Generation meldet sich mit intelligenten, provokanten und amüsanten Essays zu Wort.

»Juli Zeh beobachtet präzis und erzählt poetisch kraftvoll.«

Neue Zürcher Zeitung